# a festa de aniversário
# o monta-cargas

# Harold Pinter

# a festa de aniversário

# o monta-cargas

Tradução de
ALEXANDRE TENÓRIO

1ª edição

Rio de Janeiro, 2016

CIP-BRASIL. CATALOGAÇÃO NA PUBLICAÇÃO
SINDICATO NACIONAL DOS EDITORES DE LIVROS, RJ

P725f
Pinter, Harold, 1930-2008
A festa de aniversário e O monta-cargas / Harold Pinter; tradução de Alexandre Tenório. – 1ª ed. – Rio de Janeiro: José Olympio, 2016.

Tradução de: The birthday party; The dumb waiter
Prefácio de Flavio Marinho
ISBN 978-85-03-01283-6

1. Teatro inglês (Literatura). I. Tenório, Alexandre. II. Título.

16-34744

CDD: 822
CDU: 821.111-2

O monta-cargas © FPinter Ltd.
A festa de aniversário © FPinter Ltd.

Este livro foi revisado segundo o novo Acordo Ortográfico da Língua Portuguesa.

Todos os direitos reservados. Proibida a reprodução, armazenamento ou transmissão de partes deste livro, através de quaisquer meios, sem prévia autorização por escrito.

Reservam-se os direitos desta tradução à
EDITORA JOSÉ OLYMPIO LTDA.
Rua Argentina, 171 – 3º andar – São Cristóvão
20921-380 – Rio de Janeiro, RJ
Tel.: (21) 2585-2060

Seja um leitor preferencial Record.
Cadastre-se e receba informações sobre nossos lançamentos e promoções.

ISBN 978-85-03-01283-6

Impresso no Brasil
2016

# Sumário

PREFÁCIO | 7

A FESTA DE ANIVERSÁRIO | 17

O MONTA-CARGAS | 129

# Prefácio

# Pinter: O poeta da ambiguidade

Por Flavio Marinho

"Não entendi nada." "Achei irritante." "Mas, afinal de contas, qual é a motivação daquelas personagens?" Estes são alguns dos comentários que, ainda hoje, se costuma ouvir à saída das peças do dramaturgo inglês Harold Pinter desde a estreia de seu primeiro texto há quase sessenta anos.

Em novembro de 1967, uma leitora, intrigada com a peça *A festa de aniversário* de Pinter, enviou, através do *Daily Mail*, a seguinte carta ao autor: "Caro Senhor: Seria grata se pudesse me explicar o significado de sua peça. Estes são os pontos que não entendi: 1) Quem são os dois homens? 2) De onde eles vieram? 3) Eles são normais? 4) De onde veio Stanley? Sei que apreciaria saber que sem a resposta às minhas perguntas eu não posso entender completamente a peça."

Respondeu Pinter: "Cara Senhora: Seria grato se pudesse me responder o significado de sua carta. Estes são os pontos que não entendi: 1) Quem é você? 2) De onde vem? 3) É tida como normal? Sei que apreciaria saber que, sem a resposta às minhas perguntas, eu não posso entender completamente sua carta."

Pinter deu uma resposta à altura e em consonância com o estilo ambíguo de suas peças. Por outro lado, justifica-se a perplexidade da espectadora. Afinal, desde o final do século XIX o público teatral acostumara-se ao chamado teatro realista, de cenário-gabinete, dramas burgueses que explicitavam intenções e perfis. Já Pinter, buscando elevar, justamente, o nível de realismo teatral, avizinhou-se do absurdo ao se recusar a fornecer informações sobre a vida pregressa, ligações familiares e motivações psicológicas das personagens. Daí o sentimento de frustração do espectador formado por um teatro mais convencional. E aquele sentimento de rejeição aumenta quando, findo o espetáculo, o espectador percebe que não receberá uma resposta pronta: que jamais "descobrirá" as razões do comportamento de uma ou outra personagem, nem porque elas parecem "tão contraditórias". Pois, para Pinter, "não há distinções claras entre o real e o irreal, nem entre o que é verdade e o que é falso". Percorrendo a tênue fronteira que separa a realidade e a irrealidade, a verdade e a falsidade, Pinter coloca em cena situações e personagens ambíguas pela própria natureza, extraindo poesia do cotidiano. Os críticos costumam, de uma forma geral, afirmar que até a luta pelo poder — sempre presente em seus textos — também se caracteriza por uma forte ambiguidade: as razões para a vitória ou eventual derrota das personagens nunca são explícitas. Não se exija de Pinter a chamada clareza expositiva.

Sua extraordinária capacidade de captar o absurdo das conversas do dia a dia faz com que ele escreva diálogos aparentemente desconexos, repetitivos e ilógicos — quase como um hiper-realismo fotográfico. E não é que ele pretenda ser o dramaturgo da incomunicabilidade, onde era mestre o cineasta Michelangelo Antonioni. Na verdade, procura captar, deliberadamente, a forma como buscamos evitar a comunicação através de diálogos em torno do quase nada. Pinter descobriu muito cedo que as pessoas, ao falarem, tentavam preencher o terrível e insuportável silêncio delator de seu isolamento, influenciando, assim, muitos criadores contemporâneos. Impossível não aliar o papo dos dois pistoleiros de *O monta-cargas* sobre comida italiana à inacreditável conversa dos dois bandidos do filme *Pulp Fiction* de Quentin Tarantino sobre hambúrguer. São primos-irmãos.

Nascido em 1930, Harold Pinter foi ator durante oito anos antes de escrever sua primeira peça: *O quarto*, que inauguraria uma fase chamada de "comédia da ameaça", onde suas personagens ficavam encerradas num pequeno ambiente e eram terrivelmente, ainda que bem-humoradamente, ameaçadas por estranhos misteriosos.

Principal imagem poética da peça, *O quarto*, escrita em 1957, abriga apenas duas personagens: Uma velha simplória e algo inocente — Rose — e seu marido — Bert. Como se trata de Pinter, ele jamais dirige a palavra a ela, apesar desta ser maternalmente dedicada ao marido. Até a chegada de um negro, que é assassinado, provocando a cegueira de Rose. Para variar, Pinter já deixava no ar muitas perguntas sem resposta: Por que Rose se nega a conhecer um homem que diz conhecê-la?

Por que se perturba tanto com o assassinato do negro a ponto de perder a visão? Por que o nome desse negro é incerto? Chama-se Sal ou Riley?

Acima de tudo, porém, desde logo, já se percebe aqui a dicotomia de suas personagens, a total descontinuidade entre o que as personagens pensam e o que realmente dizem. Ary Coslov, diretor brasileiro, que já encenou três peças do dramaturgo inglês, é fascinado pela obra do autor falecido em 2008: "Um fascínio ligado ao raciocínio, em fazer as personagens pensar enquanto estão falando. O que tem muito a ver com as pausas que ele indica e que o espectador preenche. Às vezes, o que as personagens estão pensando é mais importante do que o que elas estão falando. Em Pinter, é fundamental mobilizar o espectador para o que não está sendo dito. Mais do que nunca, o diretor precisa criar uma partitura paralela que acompanhe os movimentos do texto. Nesse sentido, o Pinter se aproxima do Tchekov, cuja riqueza de subtexto também existe para ser preenchida."

Em *O quarto*, Harold Pinter lançava as bases para toda a primeira fase da sua obra. Aqui convivem um sentimento angustiante de que a vida é regida por forças desconhecidas e incontroláveis; um desenvolvimento dramático naturalista que mascara o absurdo; o mistério, terror e a ameaça que, aos poucos, vão cercando uma situação banal; os diálogos ágeis, velozes, dispersos, inconclusos e cotidianos detalhando aspectos irrelevantes da vida; uma ironia mordaz; humor desconcertante e a simplicidade do ponto de partida: um quarto, duas personagens.

Numa entrevista a Hallam Tennyson para a General Overseas Service da BBC, no dia 7 de agosto de 1960, o próprio

Pinter esclarecia: "Duas pessoas num quarto. Muitas e muitas vezes trato do problema de duas pessoas num quarto. Sobe o pano, e vejo uma pergunta de tremenda força: O que é que vai acontecer com essas duas pessoas? Será que alguém vai abrir a porta e entrar?"

Em suas peças, o autor costuma cercar essas perguntas de um certo suspense, um clima de expectativa não muito bem definido e, acima de tudo, uma poética atmosfera de medo. Ao crítico inglês Kenneth Tynan, no dia 28 de outubro de 1960, ele explicou em um programa de rádio da BBC: "É óbvio que (as personagens) têm medo do que está do lado de fora. No lado de fora está o mundo que os pressiona e que é apavorante. Tenho certeza que é assustador para você e para mim também."

Numa leitura apressada, pode-se achar que Pinter se avizinha de um dos expoentes do Teatro do Absurdo: o dramaturgo irlandês Samuel Beckett, cuja obra descobriu na juventude. Mas enquanto Beckett procura o absurdo nas motivações das personagens e no desenvolvimento dramático da peça, Pinter percorre caminho contrário: mascara o absurdo com um desenvolvimento dramático naturalista. Ou seja, o absurdo está escondido sob os panos de uma aparência real, de uma dialogação naturalista, frequentemente irônica ou sutilmente humorada, com gírias e expressões tiradas do dia a dia.

A segunda peça em um ato de Pinter — *The Dumb Waiter* [*O monta-cargas*, tradução portuguesa] — foi montada no Brasil no ano 2000, sob o título de *Serviço de quarto*, no Teatro Candido Mendes (Ipanema, Rio de Janeiro), com Luiz Salém e Mário Gomes, sob a direção de Gilberto Gawronsky. Embora tenha sido escrita também em 1957, ela só estreou no dia 21 de janeiro de 1960 no Hampstead Theatre Club de Londres. Mais uma vez, temos apenas duas personagens trancadas num quarto — e uma porta que se abre para o desconhecido.

Desta vez, são dois pistoleiros — Ben e Gus — cercados de mistério por todos os lados. Desconhecemos que organização criminosa os contratou; deduz-se que, em determinado momento, a vítima vai aparecer e eles vão matá-la; eles também não sabem — nem nós — o que acontece depois: "Quem será que limpa tudo quando saímos? Isso eu queria saber. Quem será que limpa? Vai ver que não limpam. É capaz de só deixarem lá, não é? Que é que você acha?"

"A ambiguidade está no coração da vida", costumava afirmar Pinter. Mesmo num quadro de aparente precisão — e os textos dele são de extrema precisão — as interpretações são tão inúmeras quanto os indivíduos, porque cada um de nós — pirandellianamente falando — tem sua própria verdade. Acontece que, no universo pinteresco, este pirandellismo é levado à sua extrema consequência: todos estão isolados em sua verdade e não podem — ou não conseguem — comunicar esta verdade aos outros.

Talvez por isso a verdade nunca venha à tona em *O monta-cargas*. Na verdade, aqui, Harold Pinter se aproxima de outro mestre do absurdo, Eugène Ionesco (*A cantora careca*), ao fundir o trágico da situação com elementos farsescos. O principal deles talvez seja a conversa fiada por trás da qual os dois assassinos tentam escamotear sua ansiedade. Discussões sobre futebol, sobre se o certo é "acender a chaleira" ou "acender o gás" ou a conversa jogada fora sobre notícias vespertinas são, surpreendentemente, verdadeiras e, ao mesmo tempo, absurdas.

O diretor da montagem carioca de *O monta-cargas*, Gilberto Gawronsky, confessa: o que mais o encantou foi, justamente, este "jogo cênico entre os dois atores, que tem um pé no absurdo e, também, no realismo. Quando o absurdo está chegando a seu máximo, ele se torna realista. O "tempo" do Pinter também é muito interessante porque na medida em que o ritmo da fala é muito preciso, ela impõe, ao mesmo tempo, o ritmo do espetáculo. Realmente, a linguagem da peça lembra, por vezes, Tarantino, além de apresentar contornos clownescos, quase chaplinianos, sem perder aquela beirada de absurdo. Por isso, o espetáculo precisa ser tão rigoroso quanto o texto — a fim de não descambar."

Em 1958, Harold Pinter lançou sua primeira peça em três atos no Lyric Theatre de Londres: *A festa de aniversário*. Nela, o dramaturgo apresenta novas versões da Rose e de Bert de *O quarto*: Meg e Petey. Ela tão maternal quanto a antecessora, e ele, tão calado quanto seu modelo original. Os dois pistoleiros Ben e Gus reaparecem na pele de dois desconhecidos — McCann, um irlandês violento, e Goldberg, um judeu, dono de sabedoria popular. Também estão um apático e indolente Stanley e uma vizinha animada, Lulu. Todos acabam reunidos numa pensão barata, à beira-mar, onde está hospedado o pianista Stanley e onde querem se hospedar McCann e Goldberg. A chegada destes dois intrusos na pensão gera um clima de terror e um pânico em Stanley. Por algum motivo, eles querem levá-lo dali. Por uma dessas coincidências, não se sabe se verdadeira ou não, é aniversário de Stanley e Meg decide dar uma festa. Tudo envolto num clima de muito estranhamento e mistério. O que possibilita uma variada gama de interpretações. *Festa* já foi vista como uma alegoria do conformismo, pois o pianista é levado por emissários do mundo burguês; encarada como uma alegoria da morte, ao mostrar um homem arrancado do lar que escolheu como seu, e sendo levado para o nada. Mas para o crítico húngaro Martin Esslin não há dúvidas: "(A peça) Fala, claramente, da busca patética da segurança, de medos e ansiedades secretas, do terrorismo do nosso mundo, tantas vezes encarnado na falsa bonomia e na brutalidade fanática."

Esta história obscura, cujos personagens alternam um palavreado incoerente, com enigmáticos silêncios, foi recebida com frieza por parte da crítica e do público — e o espetáculo ficou apenas uma semana em cartaz. Somente o crítico Harold Hobson, do *Sunday Times*, percebeu suas qualidades: "Estou disposto a arriscar qualquer reputação que eu tenha para dizer que Mr. Pinter possui o mais original, perturbador e notável talento do teatro londrino. Teatralmente falando, *A festa de aniversário* é absorvente, arguta. Suas personagens são fascinantes." A História mostrou que Hobson tinha razão: seis anos depois a peça foi remontada pela Royal Shakespeare Company e obteve enorme êxito.

A partir daí, Pinter passou a ser unanimemente respeitado por críticos e grande parcela do público. Suas peças continuam sendo misteriosas, poéticas e ambíguas — para alegria dos que procuram no teatro fonte de reflexão. É como diz Daniel Salem, um dos maiores estudiosos do dramaturgo: "Pinter explora a realidade interna, as regiões desconhecidas do psiquismo, as forças obscuras do inconsciente. O resultado de sua exploração é uma transformação poética da realidade cotidiana e a proposição de insolúveis questões sobre o mistério do ser humano." Um mistério que permanece. Cheio de ambiguidades.

*A festa de aniversário* estreou no Arts Theatre, Cambridge, em 28 de abril de 1958, numa produção de Michael Codron e David Hall, sendo transferida mais tarde para a Lyric Opera House, Hammersmith, com o seguinte elenco:

| | |
|---|---|
| PETEY, *um homem de sessenta e tantos anos* | Willoughby Gray |
| MEG, *uma mulher de sessenta e tantos anos* | Beatrix Lehmann |
| STANLEY, *um homem de trinta e tantos anos* | Richard Pearson |
| LULU, *uma moça de uns vinte anos* | Wendy Hutchinson |
| GOLDBERG, *um homem de uns cinquenta e tantos anos* | John Slater |
| MCCANN, *um homem de trinta e tantos anos* | John Stratton |

*Direção de Peter Wood*

E foi remontada pela Royal Shakespeare Company no Aldwich Theatre, Londres, estreando no dia 18 de junho de 1964 com o seguinte elenco:

| | |
|---|---|
| PETEY | Newton Blick |
| MEG | Doris Hare |
| STANLEY | Bryan Pringle |
| LULU | Janet Suzman |
| GOLDBERG | Brewster Mason |
| MCCANN | Patrick Magee |

*Direção de Harold Pinter*

Foi transmitida pela BBC Television no dia 28 de junho de 1987 com o seguinte elenco:

| | |
|---|---|
| PETEY | Robert Lang |
| MEG | Joan Plowright |
| STANLEY | Kenneth Cranham |
| LULU | Julie Walters |
| GOLDBERG | Harold Pinter |
| MCCANN | Colin Blakely |

*Direção de Kenneth Ives*

*A festa de aniversário* foi remontada no Lyttelton Theatre, Royal National Theatre, Londres, estreando no dia 17 de março de 1994 com o seguinte elenco:

| | |
|---|---|
| PETEY | Trevor Peacock |
| MEG | Dora Bryan |
| STANLEY | Anton Lesser |
| LULU | Emma Amos |
| GOLDBERG | Bob Peck |
| MCCANN | Nicholas Woodeson |

*Direção de Sam Mendes*

ATO 1: *Uma manhã de verão*
ATO 2: *A noite deste mesmo dia*
ATO 3: *A manhã seguinte*

# Ato 1

*A sala de estar de uma casa numa cidade à beira-mar. Uma porta na esquerda leva ao hall. Na esquerda, mais acima, a porta dos fundos e uma janela pequena. Na parede do fundo, uma portinhola de comunicação com a cozinha. Na direita, a porta da cozinha. Mesa com cadeiras no centro.*

PETEY *entra pela porta da esquerda com um jornal e senta-se à mesa. A voz de* MEG *vem através da portinhola de comunicação com a cozinha.*

MEG: É você, Petey?

*Pausa.*

Petey, é você?

*Pausa.*

Petey?
PETEY: O quê?
MEG: É você?
PETEY: É, sou eu.
MEG: O quê? (*Seu rosto aparece na portinhola.*) Já voltou?
PETEY: Já.
MEG: Já fiz seu cereal. (*Ela desaparece e volta a aparecer.*) Aqui, seu cereal.

*Ele se levanta, pega o prato, senta-se à mesa, arranja um local para colocar o jornal de pé e começa a comer. MEG entra, vindo da cozinha.*

Tá bom?
PETEY: Muito bom.
MEG: Eu sabia que tava bom. (*Ela se senta à mesa.*) Você comprou o jornal?
PETEY: Comprei.
MEG: Tá bom?
PETEY: Não tá ruim.
MEG: O que diz aí?
PETEY: Nada de mais.
MEG: Ontem você leu pra mim umas coisas tão boas.
PETEY: É. Bom, esse aqui eu ainda não terminei.
MEG: Você me conta se ler alguma coisa boa?
PETEY: Conto.

*Pausa.*

MEG: Trabalhou muito hoje de manhã?
PETEY: Não. Só empilhei umas cadeiras velhas. Dei uma limpezinha.
MEG: O tempo tá bom?
PETEY: Tá ótimo.

*Pausa.*

MEG: O Stanley já levantou?
PETEY: Não sei. Será?
MEG: Não sei. Eu ainda não vi ele aqui embaixo.
PETEY: Então é porque ele não se levantou.
MEG: Você não viu ele aqui embaixo?
PETEY: Eu acabei de entrar.
MEG: Ele ainda deve estar dormindo.

> *Ela olha a sua volta, fica parada, vai até o armário e pega um par de meias numa gaveta, depois um novelo de lã, uma agulha, e então vai para a mesa.*

Petey, a que horas você saiu hoje cedo?
PETEY: Mesma hora de sempre.
MEG: Tava escuro?
PETEY: Não, já tava claro.
MEG: (*Começando a costurar a meia.*) Mas às vezes quando você sai ainda tá escuro.
PETEY: Isso é no inverno.
MEG: Ah, no inverno.

PETEY: É. No inverno começa a amanhecer mais tarde.
MEG: Ah.

*Pausa.*

O que você tá lendo?
PETEY: Alguém teve um bebê.
MEG: Ah, não me diga! Quem?
PETEY: Uma moça.
MEG: Quem, Petey, quem?
PETEY: Acho que você não conhece.
MEG: Como ela se chama?
PETEY: Lady Mary Splatt.
MEG: Não conheço.
PETEY: Não.
MEG: O que ela teve?
PETEY: (*Consultando o jornal.*) Ahn... uma menina.
MEG: Não foi um menino?
PETEY: Não.
MEG: Ah, que pena. Eu não ia gostar. Eu ia gostar muito mais se fosse um menininho.
PETEY: Uma menina também serve.
MEG: Eu gostaria bem mais de ter um menino.

*Pausa.*

PETEY: Já comi meu cereal.
MEG: Tava bom?

PETEY: Muito bom.
MEG: Eu fiz outra coisa pra você.
PETEY: Ótimo.

*Ela se levanta, pega o prato dele e sai para a cozinha. Depois, aparece na portinhola com um prato com dois pedaços de pão frito.*

MEG: Aqui, pra você, Petey.

*Ele se levanta, pega o prato, olha para ele e senta-se à mesa. MEG retorna.*

Tá bom?
PETEY: Ainda não provei.
MEG: Aposto como você não sabe o que é.
PETEY: Eu sei, sim.
MEG: O que é então?
PETEY: Pão frito.
MEG: Isso mesmo.

*Ele começa a comer. Ela o fica olhando comer.*

PETEY: Muito bom.
MEG: Eu sabia que tava bom.
PETEY: (*Virando-se para ela.*) Ah, Meg, ontem à noite dois homens vieram falar comigo lá na praia.
MEG: Dois homens?

PETEY: É. Eles queriam saber se a gente podia hospedá-los por uns dias.

MEG: Hospedar? Aqui?

PETEY: É.

MEG: Quantos homens são?

PETEY: Dois.

MEG: O que você disse?

PETEY: Bom, eu disse que não sabia. Eles ficaram de passar mais tarde pra saber.

MEG: Eles vão vir aqui?

PETEY: Disseram que sim.

MEG: Eles ouviram falar da gente?

PETEY: Devem ter ouvido.

MEG: É, devem ter. Devem ter ouvido falar que aqui era uma pensão de primeiríssima. E é. Essa casa aqui está na lista.

PETEY: É.

MEG: Eu sei que está.

PETEY: Eles devem vir mais tarde. Será que você consegue?

MEG: Ah, eu tenho um quarto que é uma graça onde eles podem ficar.

PETEY: Você já tem um quarto pronto?

MEG: O quarto da poltrona está sempre pronto pra receber os hóspedes.

PETEY: Tem certeza?

MEG: Tenho, se eles vierem hoje vai estar tudo pronto.

PETEY: Bom.

*Ela leva as meias e o resto de volta à gaveta do armário.*

MEG: Vou lá acordar aquele menino.
PETEY: Vai ter um espetáculo novo no Palace.
MEG: No píer?
PETEY: Não, no Palace, na cidade.
MEG: Se fosse no píer, o Stanley podia tocar.
PETEY: É um espetáculo normal.
MEG: Como assim?
PETEY: Não tem dança, nem música.
MEG: Então o que é que eles fazem?
PETEY: Eles falam, só.

*Pausa.*

MEG: Ah.
PETEY: Você gosta de uma música, né, Meg?
MEG: Eu gosto de ouvir o piano. Eu gostava de ficar vendo o Stanley tocar piano. Claro, ele não cantava. (*Olhando para a porta.*) Eu vou chamar esse menino.
PETEY: Você não levou o chá pra ele?
MEG: Eu sempre levo o chá pra ele. Mas isso já faz um bom tempo.
PETEY: Ele tomou?
MEG: Eu obriguei ele a tomar. Fiquei lá até ele tomar tudinho. Eu vou chamar ele. (*Ela vai até a porta.*) Stan! Stanny! (*Ela escuta.*) Stan! Se você não descer, eu vou aí te pegar! Vou subir, hem! Vou contar até três! Um! Dois! Três! Tô subindo pra te pegar! (*Ela sai pela porta e sobe as escadas. Depois de um instante gritos de* STANLEY, *risada alta de* MEG. PETEY *leva seu prato para a portinhola. Gritos. Risadas.* PETEY *se*

*senta à mesa. Silêncio. Ela volta.*) Ele vai descer. (*Ela está ofegante e arruma o cabelo.*) Eu disse que se ele não andasse depressa ele ia ficar sem café da manhã.

PETEY: Só assim ele desce.

MEG: Vou pegar o cereal dele.

*MEG sai para a cozinha. PETEY lê o jornal. STANLEY entra. Está com a barba por fazer, usa pijamas e óculos. Ele se senta à mesa.*

PETEY: Bom dia, Stanley.

STANLEY: Bom dia.

*Silêncio. MEG entra com a tigela de cereal, que coloca sobre a mesa.*

MEG: Até que enfim se levantou. Até que enfim desceu pra tomar o café. Mas não é o que ele merece, não é, Petey? (*STANLEY fica olhando para a tigela de cereal.*) Você dormiu bem?

STANLEY: Não dormi nada.

MEG: Você não dormiu? Ouviu isso, Petey? Ele deve estar cansado demais até pra tomar o café. Pois agora coma esse cereal que nem um bom menino. Anda, come.

*Ele começa a comer.*

STANLEY: Como é que tá o tempo hoje?

PETEY: Tá ótimo.

STANLEY: Tá quente?
PETEY: Tá um ventinho danado.
STANLEY: Frio?
PETEY: Não, não dá pra dizer que tá frio.
MEG: Como está o cereal, Stan?
STANLEY: Péssimo.
MEG: Esse cereal? Esse cereal maravilhoso? Isso é mentira sua. Seu mentirosozinho. Esse cereal aí é muito revigorante. Tá escrito no pacote. Pra gente que acorda tarde.
STANLEY: O leite tá podre.
MEG: Não está, não. O Petey tomou o dele, não tomou?
PETEY: Isso mesmo.
MEG: Tá vendo?
STANLEY: Tudo bem, eu vou comer o segundo prato.
MEG: Ainda nem terminou o primeiro e já quer comer o segundo!
STANLEY: Tô precisando de alguma coisa cozida.
MEG: Pois eu não vou dar pra você.
PETEY: Dá pra ele.
MEG: (*Sentando-se à mesa.*) Não vou dar.

*Pausa.*

STANLEY: Nada de café.

*Pausa.*

Passei a noite toda sonhando com esse café da manhã.

MEG: Você não disse que passou a noite em claro?
STANLEY: Sonhando acordado. A noite inteira. E agora ela não me dá nada. Tem nem uma migalha de pão nessa mesa.

*Pausa.*

Tô vendo que vou ter que me mudar pra um daqueles hotéis bacanas de frente pro mar.
MEG: (*Levantando-se abruptamente.*) Eu duvido que lá você tome um café da manhã melhor do que o meu.

*Ela sai para a cozinha.* STANLEY *boceja profundamente.* MEG *aparece na portinhola com um prato.*

Tá aqui. Disso aqui você vai gostar.

PETEY *se levanta, pega o prato, o traz para a mesa, o coloca na frente de* STANLEY *e se senta.*

STANLEY: O que é isso?
PETEY: Pão frito.
MEG: (*Entrando.*) Aposto que você não sabe o que é.
STANLEY: Eu sei, sim.
MEG: O que é?
STANLEY: Pão frito.
MEG: Não é que ele sabia.
STANLEY: Que surpresa sensacional.
MEG: Por essa você não esperava, né?
STANLEY: Nem sonhava.

PETEY: (*Levantando-se.*) Bom, eu vou indo.
MEG: Vai voltar pro trabalho?
PETEY: Vou.
MEG: E seu chá! Você nem tomou seu chá!
PETEY: É. Agora não dá mais tempo.
MEG: Mas já tá pronto.
PETEY: Não. Pode deixar. A gente se vê mais tarde. Até mais, Stan.
STANLEY: Até.

*PETEY sai pela esquerda.*

Tss, tss, tss, tss, tss.
MEG: O que foi?
STANLEY: Você é uma péssima esposa.
MEG: Não sou, não. Quem foi que disse?
STANLEY: Nem pra fazer o chá do seu marido. Coisa horrível.
MEG: Ele sabe que não sou uma má esposa.
STANLEY: Dar pra ele leite azedo.
MEG: Não tava nada azedo.
STANLEY: Que vergonha.
MEG: Quer saber de uma coisa, você não tem nada com isso. (*STANLEY come.*) E lhe digo mais, não é todo dia que se encontra uma esposa tão boa como eu. Eu sei muito bem cuidar de uma casa. E manter ela limpa.
STANLEY: Uau!
MEG: Pois é. Essa casa aqui é conhecida como uma pensão excelente, sempre pronta pra receber hóspedes.
STANLEY: Hóspedes? Sabe quantas pessoas se hospedaram aqui desde que eu vim pra cá?

MEG: Quantas?
STANLEY: Uma.
MEG: Quem?
STANLEY: Eu! Eu sou seu único hóspede.
MEG: Mentira sua. Essa casa está na lista.
STANLEY: Aposto que tá.
MEG: Eu sei que está.

*Ele afasta seu prato e pega o jornal.*

Tava bom?
STANLEY: O quê?
MEG: O pão frito.
STANLEY: Tava suculento.
MEG: Você não devia usar essa palavra.
STANLEY: Que palavra?
MEG: Essa que você disse.
STANLEY: O quê, suculento...?
MEG: Não fale!
STANLEY: Mas qual o problema?
MEG: Você não devia dizer essa palavra pra uma mulher casada.
STANLEY: É mesmo?
MEG: É.
STANLEY: Bom, eu nunca soube disso.
MEG: É verdade.
STANLEY: Quem disse?
MEG: Não interessa.
STANLEY: Bom, se eu não posso dizer pra uma mulher casada, pra quem eu vou dizer?

MEG: Você é mau.
STANLEY: Que tal um pouco de chá?
MEG: Você quer chá? (*STANLEY lê o jornal.*) Peça por favor.
STANLEY: Por favor.
MEG: E peça desculpas primeiro.
STANLEY: Desculpas primeiro.
MEG: Não. Só desculpas.
STANLEY: Só desculpas.
MEG: Você tá precisando de uma surra.
STANLEY: Isso não!

>*Ela tira o prato de* STANLEY *e o despenteia ao passar.* STANLEY *reage e empurra o braço dela. Ela vai para a cozinha. Ele esfrega os olhos sob as lentes dos óculos e pega o jornal. Ela volta.*

MEG: Trouxe o bule de chá.
STANLEY: (*Distraído.*) Não sei o que eu faria sem você.
MEG: Ainda que você não mereça.
STANLEY: Por que não?
MEG: (*Servindo o chá, timidamente.*) Continue então. A me chamar desses nomes.
STANLEY: Há quanto tempo esse chá tá aí nesse bule?
MEG: O chá tá muito bom. Forte e quentinho.
STANLEY: Isso daí nem é chá. É caldo de carne.
MEG: Que nada.
STANLEY: Para com isso, sua trouxa de roupa suculenta.
MEG: Eu não sou nada disso. E, além do mais, quem é você pra falar comigo desse jeito?

STANLEY: E quem é você pra entrar no quarto de um homem... e acordar ele?

MEG: Stanny! Você não gosta de tomar seu chá todas as manhãs... O chá que eu levo pra você?

STANLEY: Não consigo tomar essa porcaria. Nunca ninguém te disse pra pelo menos esquentar o bule?

MEG: Esse chá tá bom e tá forte.

STANLEY: (*Colocando a cabeça entre as mãos.*) Meu Deus, eu tô é cansado.

*MEG vai até o armário, pega um espanador e sai espanando a sala aleatoriamente, sempre a observá-lo. Ela chega até a mesa e começa a espaná-la.*

A porra da mesa não!

*Pausa.*

MEG: Stan?

STANLEY: Que foi?

MEG: (*Timidamente.*) Eu sou mesmo suculenta?

STANLEY: Ah, é sim. Preferia pegar você do que pegar uma baita de uma gripe.

MEG: Você fala por falar.

STANLEY: (*Com violência.*) Olha, por que você não dá uma limpeza aqui? Isso aqui tá parecendo um chiqueiro. Outra coisa é meu quarto. Há meses que não vê uma vassoura. Um papel de parede novo. Tô precisando de um quarto novo!

MEG: (*Acariciando o braço dele com sensualidade.*) Ah, Stan, seu quarto é tão bonito. Passei tardes tão agradáveis naquele quarto.

> *Ele se retrai com repulsa ao toque dela, se levanta e sai rapidamente pela porta da esquerda. Ela pega a xícara dele, o bule de chá e leva-os para a portinhola. A porta da frente é batida violentamente. STANLEY volta.*

MEG: Tem sol lá fora? (*Ele cruza até a janela, pega um cigarro e fósforos no bolso do pijama e acende o cigarro.*) O que é isso que você tá fumando?
STANLEY: Cigarro.
MEG: Não me oferece um?
STANLEY: Não.
MEG: Eu gosto de cigarros. (*Ele fica parado perto da janela, fumando. Ela cruza por detrás dele e faz cócegas em sua nuca.*) Bilu, bilu.
STANLEY: (*Empurrando-a.*) Sai daqui.
MEG: Você vai sair?
STANLEY: Só que não com você.
MEG: Mas eu vou sair pra fazer compras daqui a um minuto.
STANLEY: Pode ir.
MEG: Você vai ficar abandonado aqui, sozinho.
STANLEY: Vou, é?
MEG: Sem sua velha Meg. Tenho que comprar um monte de coisas pros dois cavalheiros.

> *Uma pausa. Lentamente STANLEY ergue a cabeça. Ele fala sem se virar para ela.*

STANLEY: Que dois cavalheiros?

MEG: Estou esperando visita.

STANLEY: O quê?

MEG: Disso você não sabia, né?

STANLEY: Do que você tá falando?

MEG: Dois cavalheiros foram perguntar ao Petey se eles podiam se hospedar aqui uns dias. Eu tô no aguardo deles. (*Ela pega o espanador e começa a limpar a toalha da mesa.*)

STANLEY: Pois eu não acredito.

MEG: É verdade.

STANLEY: (*Indo até ela.*) Você tá dizendo isso de propósito.

MEG: O Petey me falou ainda agora.

STANLEY: (*Apagando seu cigarro.*) Quando foi isso? Quando ele se encontrou com eles?

MEG: Ontem à noite.

STANLEY: Quem são esses caras?

MEG: Não sei.

STANLEY: Ele não disse pra você como eles se chamavam?

MEG: Não.

STANLEY: (*Andando de um lado para o outro da sala.*) Aqui? Eles querem vir pra cá?

MEG: É. Eles querem, sim. (*Ela começa a tirar os rolos do cabelo.*)

STANLEY: Por quê?

MEG: Essa casa está na lista.

STANLEY: Mas quem são eles?

MEG: Você vai ver quando eles chegarem.

STANLEY: (*Com decisão.*) Pra cá é que eles não vêm.

MEG: Por que não?
STANLEY: (*Rapidamente.*) Porque eu tô dizendo. Se era pra vir, por que eles não vieram ontem?
MEG: Vai ver não conseguiram encontrar o lugar no escuro. Não é fácil chegar aqui quando tá escuro.
STANLEY: Eles não vão vir. Deve ser alguma brincadeira. Pode esquecer, é alarme falso. Alarme falso. (*Ele se senta à mesa.*) Cadê meu chá?
MEG: Eu levei. Você não quis tomar.
STANLEY: Como assim, você levou?
MEG: Levando.
STANLEY: Por quê?
MEG: Você não quis tomar!
STANLEY: Quem disse que eu não queria?
MEG: Você mesmo.
STANLEY: Quem te deu permissão pra levar meu chá?
MEG: Você não quis tomar.

*STANLEY fica olhando para ela.*

STANLEY: (*Calmamente.*) Com quem você acha que tá falando?
MEG: (*Incerta.*) O quê?
STANLEY: Venha aqui.
MEG: O que você quer?
STANLEY: Venha aqui.
MEG: Não.
STANLEY: Quero lhe perguntar uma coisa. (*MEG hesita, nervosa. Não se aproxima dele.*) Anda. (*Pausa.*) Tudo bem. Posso

perguntar daqui mesmo. (*Deliberadamente.*) Me diz uma coisa, Sra. Boles, quando a senhora se dirige a mim, alguma vez já se perguntou com quem está falando? Hem?

*Silêncio. Ele dá um gemido. Seu tronco se curva para a frente, sua cabeça cai entre as próprias mãos.*

MEG: (*Falando num tom humilde.*) Você não gostou do seu café, Stan? (*Ela se aproxima da mesa.*) Stan? Quando você vai voltar a tocar piano? (STANLEY *faz um grunhido.*) Eu gostava tanto de ficar ouvindo você tocar piano. Quando você vai tocar de novo?
STANLEY: Eu não posso, posso?
MEG: Por que não?
STANLEY: Porque eu não tenho um piano.
MEG: Não, eu tava dizendo quando você trabalhava. Naquele piano.
STANLEY: Vai lá fazer suas compras.
MEG: E você não precisa ir embora se arranjar um emprego. Você pode tocar piano no píer.

*Ele olha para ela e fala vagamente.*

STANLEY: Eu... ahn... O negócio é que me ofereceram um emprego.
MEG: O quê?
STANLEY: É. Eu tô pensando em pegar um emprego.
MEG: Está nada.
STANLEY: E é um emprego bacana. Numa boate. Em Berlim.

MEG: Berlim?

STANLEY: Berlim. Numa boate. Tocando piano. Um salário ótimo. Todas as despesas pagas.

MEG: Por quanto tempo?

STANLEY: Não é pra ficar o tempo todo em Berlim. Depois a gente vai pra Atenas.

MEG: Por quanto tempo?

STANLEY: Sim. Depois a gente vai visitar o... ahn... como é que se chama?

MEG: Onde?

STANLEY: Constantinopla. Zagreb. Vladivostok. A gente vai fazer uma viagem de volta ao mundo.

MEG: (*Sentando-se à mesa.*) Você já tocou piano nesses lugares antes?

STANLEY: Se eu toquei piano? Já toquei piano pelo mundo afora. No país inteiro. (*Pausa.*) Uma vez eu dei um concerto.

MEG: Um concerto?

STANLEY: (*Reflexivo.*) É. E foi muito bom. Tava todo mundo lá. Todo mundo. Foi o maior sucesso. É, um concerto. Em Lower Edmonton.

MEG: E que roupa você usou?

STANLEY: (*Para si.*) Meu estilo de tocar era único. Absolutamente incomparável. Todo mundo veio falar comigo. Me disseram que se sentiam agradecidos. A gente até tomou champanhe aquela noite. (*Pausa.*) Quase que meu pai foi lá me ouvir. Eu tinha deixado um convite pra ele. Mas ele não deve ter conseguido ir. Não, eu... eu que tinha perdido o endereço, foi isso. (*Pausa.*) É. Lower Edmonton. Sabe o que eles fizeram depois? Eles acabaram comigo. Me destroçaram. Foi tudo combinado, tudo esquematizado. O meu concerto seguinte. Foi em outro lugar. No inverno. Eu fui lá tocar. Quando cheguei a sala tava fechada, tava tudo fechado, não tinha nem um zelador. Tudo trancado. (*Ele tira os óculos e limpa as lentes com uma ponta do pijama.*) Foi uma cilada. Eles me armaram uma cilada. Só queria saber de quem foi a ideia. (*Amargamente.*) Tudo bem, tudo bem, eu sei entender uma dica. Eles queriam que eu viesse de joelhos, rastejando. Eu entendi muito bem a dica. (*Ele recoloca os óculos, depois olha para* MEG.) Olha só pra isso. Você parece um pedaço de bolo velho de cenoura. (*Ele se levanta e se apoia na mesa em direção a ela.*) É isso que você é, não é?

MEG: Nunca mais vá embora, Stan. Você tem que ficar aqui. Você vai ficar bem aqui. Aqui com sua velha Meg. (*Ele resmunga e se deita sobre a mesa.*) Você não tá se sentindo bem, Stan. Você fez alguma visita essa manhã?

*Ele fica rígido, depois se levanta lentamente, vira-se para ela e fala com leveza e relaxadamente.*

STANLEY: Meg, quer saber de uma coisa?
MEG: O quê?
STANLEY: Já ouviu a última?
MEG: Não.
STANLEY: Aposto que sim.
MEG: Não ouvi, não.
STANLEY: Quer que eu te conte?
MEG: A última o quê?
STANLEY: Não ouviu?

MEG: Não.
STANLEY: (*Avançando.*) Eles vão vir hoje. Vão vir numa van.
MEG: Quem?
STANLEY: E você sabe o que eles vão trazer nessa van?
MEG: O quê?
STANLEY: Um carrinho de mão. E quando a van parar eles vão tirar o carrinho e vão andar com ele pelo jardim, depois vão bater na porta da frente.
MEG: (*Sem fôlego.*) Que nada.
STANLEY: Eles estão procurando alguém. Uma determinada pessoa.
MEG: (*Com a voz rouca.*) Não estão, não!
STANLEY: Quer que eu lhe diga quem eles estão procurando?
MEG: Não!
STANLEY: Você não quer que eu lhe diga?
MEG: Você é um mentiroso!

> *Uma batida repentina na porta. A voz de* LULU: *U-hu!*
> MEG *passa por* STANLEY *e pega sua bolsa de compras.*
> MEG *sai.* STANLEY *chega perto da porta e fica escutando.*

VOZ: (*Pela fresta da correspondência.*) Olá, Sra. Boles...
MEG: Ah, já chegou então?
VOZ: É, acabou de chegar.
MEG: É isso?
VOZ: É. Achei melhor trazer.
MEG: É bonito?
VOZ: Muito bonito. O que eu faço?
MEG: Bem, eu não... (*Sussurros.*)

VOZ: Bom, claro que não... (*Sussurros.*)
MEG: Tudo bem, mas... (*Sussurros.*)
VOZ: Não, eu não... (*Sussurros.*) Até logo, Sra. Boles.

*STANLEY se senta rapidamente à mesa. LULU entra.*

LULU: Ah, olá.
STANLEY: Oba.
LULU: Eu só vim deixar isso aqui.
STANLEY: Pode deixar. (*LULU cruza até o armário e deixa um embrulho sólido, redondo e pesado sobre ele.*) Que pacotão.
LULU: Você não pode mexer.
STANLEY: E por que eu mexeria?
LULU: Bom, não pode mexer.

*LULU vai para o fundo.*

LULU: Por que você não abre a porta? Tá tão sufocante aqui dentro.

*Ela abre a porta dos fundos.*

STANLEY: (*Levantando-se.*) Sufocante? Eu desinfetei tudo isso aqui hoje de manhã.
LULU: (*Na porta.*) Ah, assim tá melhor.
STANLEY: Acho que vai chover hoje. O que você acha?
LULU: Eu espero que sim. Pra você seria bom.
STANLEY: Pra mim! Eu tomei banho de mar às seis e meia.

LULU: Tomou?

STANLEY: Fui até a restinga e voltei antes do café da manhã. Você não acredita em mim!

*Ela se senta, pega um pó compacto e aplica sobre o nariz.*

LULU: (*Oferecendo o estojo a ele.*) Quer dar uma olhada no seu rosto? (STANLEY *se afasta da mesa.*) Você podia pelo menos fazer essa barba. (STANLEY *se senta do lado direito da mesa.*) Você nunca sai de casa? (*Ele não responde.*) O que você faz, passa o dia inteiro sentado aqui dentro? (*Pausa.*) A Sra. Boles não fica de saco cheio de ter que aturar você o dia todo no pé dela?

STANLEY: Eu subo na mesa quando ela varre o chão.

LULU: Por que você não toma um banho? Você tá horrível.

STANLEY: Um banho não ia fazer a menor diferença.

LULU: Você devia sair e pegar um pouco de ar. Essa sua aparência me deixa até deprimida.

STANLEY: Ar? Sei não.

LULU: Tá um dia tão bonito lá fora. E eu trouxe uns sanduíches.

STANLEY: Sanduíches de quê?

LULU: De queijo.

STANLEY: Eu como muito, você sabe.

LULU: Tudo bem, eu tô sem fome.

STANLEY: (*Repentinamente.*) Você gostaria de ir embora daqui junto comigo?

LULU: Mas pra onde a gente iria?

STANLEY: Pra lugar nenhum. Não tem lugar nenhum pra ir. A gente só ia e pronto.

LULU: Dá no mesmo se a gente ficar aqui.
STANLEY: Não, aqui não é legal.
LULU: Então pra onde?
STANLEY: Lugar nenhum.
LULU: Bom, é uma proposta maravilhosa. (*Ele se levanta.*) Você precisa mesmo usar esses óculos?
STANLEY: Preciso.
LULU: Quer dizer então que você não quer sair pra dar uma volta?
STANLEY: No momento eu não posso.
LULU: Você é meio um fracasso, não é?

*Ela sai pela esquerda. STANLEY fica parado. Depois ele vai se olhar no espelho. Entra na cozinha, tira os óculos e começa a lavar o rosto. Uma pausa. Pela porta dos fundos entram GOLDBERG e MCCANN. MCCANN traz duas malas. GOLDBERG traz uma maleta. Eles param assim que atravessam a porta, depois vêm para a frente. STANLEY está enxugando o rosto, dá uma espiada através da portinhola. GOLDBERG e MCCANN olham ao redor da sala. STANLEY recoloca os óculos, desliza discretamente da porta da cozinha até sair pela porta dos fundos.*

MCCANN: É aqui, então?
GOLDBERG: É aqui.
MCCANN: Você tem certeza?
GOLDBERG: Absoluta.

*Pausa.*

MCCANN: E agora?

GOLDBERG: Não precisa se preocupar, McCann. Sente-se.

MCCANN: E você?

GOLDBERG: Eu o quê?

MCCANN: Você não vai se sentar?

GOLDBERG: Vamos nós dois nos sentar. (*MCCANN deixa a mala e se senta do lado esquerdo da mesa.*) Fique à vontade, McCann. Relaxe. Qual o problema com você? Eu te trouxe pra passar uns dias à beira-mar. Umas férias. Faça esse favor a si mesmo. Você tem que aprender a relaxar ou não vai chegar a lugar nenhum.

MCCANN: Ah, sim, eu vou tentar, Nat.

GOLDBERG: (*Sentando-se no lado direito da mesa.*) O segredo é a respiração. Ouça o que eu digo. Isso é uma coisa que todo mundo sabe. Inspire, expire, dê um tempo pra você. Descanse, não vai lhe fazer mal nenhum. Olha só pra mim. Quando eu ainda era um aprendiz, McCann, meu tio Barney me levava toda sexta-feira, sem falta, pra Brighton, pra Ilha de Canvey, Rottingdean... Meu tio Barney não fazia questão. Depois do almoço nós íamos nos sentar de frente pro mar, numa cadeira de praia — sabe o tipo que eu tô falando, aquelas que têm uma cobertura —, a gente ficava conversando, olhando a maré subir, a maré descer, o sol se pôr... dias dourados aqueles, pode crer, McCann. (*Saudoso.*) O tio Barney. Estava sempre impecável. Bem da velha guarda. Na época ele tinha uma casa na saída de Basingstoke. O pessoal todo respeitava muito ele. Cultura? Nem te conto. Ele era um homem completo, você duvida? Um perfeito cosmopolita.

MCCANN: Olha, Nat...

GOLDBERG: (*Refletindo.*) É. Da velha guarda.

MCCANN: Nat. Como a gente vai saber que essa é a casa certa?

GOLDBERG: O quê?

MCCANN: Como a gente vai saber que essa é a casa certa?

GOLDBERG: Por que você acha que esta seria a casa errada?

MCCANN: Não vi nenhum número na porta.

GOLDBERG: Eu não estava procurando um número.

MCCANN: Não?

GOLDBERG: (*Sentando-se na poltrona.*) Sabe uma coisa que meu tio Barney me ensinou? Tio Barney me ensinou que a palavra de um cavalheiro é o que basta. Por isso é que quando eu tenho que viajar a negócios eu nunca levo dinheiro. Um dos meus filhos costumava vir comigo. Ele levava uns trocados. Pra comprar um jornal, pra saber do resultado do jogo. Mas fora isso, o meu nome era o suficiente. Além do mais, eu era um homem muito ocupado.

MCCANN: Mas me diz uma coisa, Nat. Será que já não tava na hora de aparecer alguém?

GOLDBERG: Eu não sei por que você está tão nervoso, McCann. Acalme-se. Atualmente parece que você está sempre indo a um enterro.

MCCANN: É verdade.

GOLDBERG: Oh, se é verdade. É mais do que verdade. É um fato.

MCCANN: Você deve estar certo.

GOLDBERG: O que há com você, McCann? Não confia mais em mim, como antigamente?

MCCANN: Claro que eu confio em você, Nat.

GOLDBERG: Então por que agora, antes de fazer um trabalho você fica todo nervoso e na hora que você tá fazendo o serviço você fica frio que nem aço?

MCCANN: Eu não sei, Nat. Eu fico bem quando sei o que tenho que fazer. Quando sei o que estou fazendo eu fico ótimo.

GOLDBERG: O que, aliás, você faz muito bem.

MCCANN: Obrigado, Nat.

GOLDBERG: Você sabe o que falei quando esse trabalho apareceu. Eles me contataram pra fazer o serviço. E quer saber quem foi que eu pedi?

MCCANN: Quem?

GOLDBERG: Você.

MCCANN: Isso foi muito bom da sua parte, Nat.

GOLDBERG: Não foi nada. Você é um sujeito muito capaz.

MCCANN: Esse é um grande elogio, vindo de um homem da sua posição.

GOLDBERG: Sim, eu tenho uma posição, isso não posso negar.

MCCANN: E que posição!

GOLDBERG: Isso não dá pra negar.

MCCANN: É verdade, você já fez muito por mim. Eu sou muito agradecido.

GOLDBERG: Não precisa dizer nada.

MCCANN: Você sempre foi um verdadeiro cristão.

GOLDBERG: É, de certa forma.

MCCANN: Não, eu só queria dizer que sou muito agradecido.

GOLDBERG: Não precisa me lembrar.
MCCANN: É, você tem razão.
GOLDBERG: Não precisa mesmo.

*Pausa. MCCANN se curva para a frente.*

MCCANN: Olha, Nat, só uma coisa...
GOLDBERG: O que foi agora?
MCCANN: Esse serviço — não, escuta —, esse serviço vai ser igual aos outros que a gente fez?
GOLDBERG: Tch, tch, tch.
MCCANN: Não, só me diz isso. É só isso que eu quero saber, depois não pergunto mais nada.

*GOLDBERG suspira, fica de pé, vai para detrás da mesa, pondera, olha para MCCANN, depois fala num tom suave, fluente e formal.*

GOLDBERG: A questão principal aqui é que se trata de um problema bem diferente do seu último trabalho. Alguns elementos, no entanto, no que diz respeito aos procedimentos, se aproximam muito de suas outras atividades. Tudo vai depender da atitude do nosso elemento. De qualquer forma, eu posso lhe garantir, McCann, que toda a missão vai ser realizada sem nenhuma complicação excessiva nem pra você, nem pra mim. Satisfeito?
MCCANN: Claro. Muito obrigado, Nat.

*MEG entra pela esquerda.*

GOLDBERG: Ah, Sra. Boles?
MEG: Sim?
GOLDBERG: Falamos com seu marido ontem à noite. Ele comentou sobre nós? Soubemos que a senhora aluga quartos para cavalheiros. Por isso vim com meu amigo. Nós estávamos à procura de um bom quarto, a senhora compreende. Por isso viemos aqui. Eu sou o Sr. Goldberg e este é o Sr. McCann.
MEG: Muito prazer.

*Eles apertam-se as mãos.*

GOLDBERG: O prazer é todo nosso.
MEG: Que bom.
GOLDBERG: A senhora tem toda razão. Quando é que você conhece alguém que realmente lhe dá prazer?
MCCANN: Nunca.
GOLDBERG: Mas hoje é diferente. Como a senhora tem passado, Sra. Boles?
MEG: Ah, muito bem, obrigada.
GOLDBERG: É? Verdade?
MEG: Ah, sim, claro.
GOLDBERG: Fico muito contente.

*GOLDBERG senta-se do lado direito da mesa.*

GOLDBERG: Então, o que a senhora diz? Vai conseguir nos hospedar aqui, Sra. Boles?
MEG: Bom, teria sido mais fácil a semana passada.

GOLDBERG: Ah, sim?

MEG: É.

GOLDBERG: Por quê? Quantos hóspedes a senhora tem no momento?

MEG: No momento só um.

GOLDBERG: Só um?

MEG: É. Só um. Até vocês chegarem.

GOLDBERG: Além de seu marido, naturalmente?

MEG: Sim, mas ele dorme comigo.

GOLDBERG: O que ele faz, seu marido?

MEG: Ele aluga cadeiras de praia.

GOLDBERG: Ah, que ótimo.

MEG: É, chova ou faça sol ele sai pra trabalhar. (*Começa a tirar as compras da bolsa.*)

GOLDBERG: Naturalmente. E esse seu hóspede? É homem?

MEG: Homem?

GOLDBERG: Ou mulher?

MEG: Não, é homem.

GOLDBERG: Está aqui há muito tempo?

MEG: Já faz quase um ano.

GOLDBERG: Ah, é? Hóspede residente. Como ele se chama?

MEG: Stanley Webber.

GOLDBERG: Ah, sim? Ele trabalha por aqui?

MEG: Ele trabalhava, sim. Era pianista. Tocou numa festa que teve no píer.

GOLDBERG: É mesmo? No píer, é? Ele toca bem o piano?

MEG: Maravilhosamente. (*Ela se senta à mesa.*) Uma vez ele fez um concerto.

GOLDBERG: Ah? Onde?

MEG: (*Faltando-lhe a memória.*) Numa... numa sala bem grande. O pai dele até deu champanhe pra ele. Mas aí fecharam o local e ele não conseguiu sair. O zelador tinha ido embora. Daí ele teve que ficar esperando até o dia seguinte pra sair de lá. (*Confiante.*) Eles ficaram tão agradecidos. (*Pausa.*) Ficou todo mundo querendo dar conselhos pra ele. Ele aceitou os conselhos. Então ele pegou o trem expresso e veio pra cá.

GOLDBERG: É mesmo?

MEG: Ah, sim. Ele veio direto pra cá.

*Pausa.*

MEG: Eu queria tanto que ele tocasse hoje à noite.

GOLDBERG: Por que hoje à noite?

MEG: É que hoje é o aniversário dele.

GOLDBERG: Aniversário dele?

MEG: É. Hoje. Mas eu só vou contar pra ele quando for de noite.

GOLDBERG: Ele não sabe que hoje é o aniversário dele?

MEG: Ele não me falou nada.

GOLDBERG: (*Pensativamente.*) Ah, me diga uma coisa. Não vai ter nenhuma festa?

MEG: Festa?

GOLDBERG: Vocês não vão dar uma festa?

MEG: (*Seus olhos se iluminam.*) Não.

GOLDBERG: Mas vocês têm que dar uma festa. (*Ele se levanta.*) Vamos dar uma festa, que tal? O que acha de uma festa?

MEG: Ah, claro!

GOLDBERG: Isso. Vamos dar uma festa pra ele. Deixe comigo.

MEG: Ah, isso vai ser maravilhoso, Sr. Gold...

GOLDBERG: Berg.

MEG: Berg.

GOLDBERG: Gostou da minha ideia?

MEG: Fiquei tão contente que vocês chegaram hoje.

GOLDBERG: Se não tivéssemos chegado hoje, chegaríamos amanhã. De qualquer forma estou feliz de ter chegado hoje. Justamente no dia do aniversário dele.

MEG: Eu queria dar uma festa. Mas você precisa de gente pra dar uma festa.

GOLDBERG: Pois agora tem eu e o McCann. O McCann é sinônimo de animação pra qualquer festa.

MCCANN: O quê?

GOLDBERG: O que acha disso, hem, McCann? Tem um cavalheiro morando aqui. Hoje é o aniversário dele e ele se esqueceu completamente. Então nós vamos lembrá-lo disso. Vamos dar uma festa pra ele.

MCCANN: Ah, não me diga.

MEG: Hoje à noite.

GOLDBERG: Hoje à noite.

MEG: Eu vou colocar meu vestido de baile.

GOLDBERG: E eu vou comprar umas bebidas.

MEG: Eu vou convidar a Lulu hoje à tarde. Ah, isso vai deixar o Stanley mais animado. Ultimamente ele anda tão deprimido.

GOLDBERG: Vamos fazê-lo esquecer seus problemas.

MEG: Espero que eu fique bem no meu vestido de baile.

GOLDBERG: Madame, a senhora vai ficar parecendo uma tulipa.

MEG: De que cor?

GOLDBERG: Ahn... bom, primeiro precisamos ver o vestido.

MCCANN: Será que eu posso ir pro meu quarto?

MEG: Ah, eu coloquei vocês dois no mesmo quarto. Vocês não se incomodam de ficar juntos?

GOLDBERG: Eu não me incomodo. Você se incomoda, McCann?

MCCANN: Não.

MEG: A que horas vai ser a festa?

GOLDBERG: Às nove horas.

MCCANN: (*Junto à porta.*) É por aqui?

MEG: (*Levantando-se.*) Eu levo o senhor. Espero que não se incomode de subir escada.

GOLDBERG: Na companhia de uma tulipa? É um prazer.

*MEG e GOLDBERG saem rindo, seguidos por MCCANN. STANLEY aparece na janela. Ele entra pela porta dos fundos. Vai até a porta da esquerda e fica ouvindo. Silêncio. Ele caminha até a mesa. Fica parado. Senta-se no momento que MEG entra. Ela cruza e pendura sua bolsa num gancho. Ele acende um fósforo e fica olhando ele se apagar.*

STANLEY: Quem tá aí?

MEG: Os dois cavalheiros.

STANLEY: Que dois cavalheiros?

MEG: Os que estavam pra chegar. Acabei de levá-los pro quarto deles. Eles ficaram encantados com o quarto.

STANLEY: Eles chegaram?

MEG: Eles são muito legais, Stan.

STANLEY: Por que eles não vieram ontem à noite?

MEG: Acharam as camas maravilhosas.

STANLEY: Quem são eles?

MEG: (*Sentando-se.*) Eles são muito simpáticos, Stanley.

STANLEY: Eu perguntei quem são eles.

MEG: Eu disse a você. São os dois cavalheiros.

STANLEY: Achei que eles não iam vir.

*Ele se levanta e vai até a janela.*

MEG: Pois vieram. Quando eu entrei eles estavam aqui.

STANLEY: O que eles querem aqui?

MEG: Eles querem ficar aqui.

STANLEY: Quanto tempo?

MEG: Eles não me disseram.

STANLEY: (*Virando-se.*) Mas por que aqui? Não tinha outro lugar?

MEG: Essa casa está na lista.

STANLEY: (*Voltando.*) Como eles se chamam? Qual é o nome deles?

MEG: Oh, Stan, eu não me lembro.

STANLEY: Eles disseram, não disseram? Não disseram pra você?

MEG: É, eles...

STANLEY: Então qual é? Anda. Tente se lembrar.

MEG: Por que, Stan? Você conhece eles?

STANLEY: Como vou saber se conheço ou não conheço sem saber os nomes?

MEG: Bem... ele me disse, eu me lembro.
STANLEY: Então?

*Ela pensa.*

MEG: Gold... sei lá o quê.
STANLEY: Goldseiláoquê?
MEG: É. Gold...
STANLEY: Sim?
MEG: Goldberg.
STANLEY: Goldberg?
MEG: Isso. Esse é o nome de um deles.

*STANLEY se senta lentamente à mesa, do lado direito.*

Você conhece eles?

*STANLEY não responde.*

Stan, não precisa se preocupar, eles não vão acordar você. Eu vou dizer pra eles não fazerem barulho.

*STANLEY fica parado.*

Eles não vão ficar muito tempo, Stan. Eu vou continuar a levar seu chá de manhãzinha.

*STANLEY fica parado.*

Hoje você não pode ficar triste. É seu aniversário.

*Uma pausa.*

STANLEY: (*Absorto.*) Ahn?
MEG: Seu aniversário, Stan. Eu ia guardar segredo até de noite.
STANLEY: Não.
MEG: É, sim. Eu comprei um presente pra você. (*Ela vai até o armário, pega o embrulho e o coloca sobre a mesa na frente dele.*) Aqui. Vai. Abre.
STANLEY: O que é isso?
MEG: É seu presente.
STANLEY: Hoje não é meu aniversário, Meg.
MEG: Claro que é. Abra o seu presente.

*Ele começa a abrir o embrulho, fica lentamente de pé e termina de abri-lo. É um tambor de brinquedo.*

STANLEY: (*Desanimado.*) É um tambor. Um tambor de brinquedo.
MEG: (*Ternamente.*) Já que você não tem um piano. (*Ele a encara, depois se vira e vai em direção à porta da esquerda.*) Você não vai me dar um beijo? (*Ele se vira rapidamente e para. Vem de volta para ela. Para perto da cadeira onde ela está, olha de cima para ela. Pausa. Seus ombros se curvam, ele se inclina e a beija no rosto.*) As baquetas estão aí.

(*STANLEY procura no embrulho. Ele pega duas baquetas. Bate uma contra a outra. Olha para ela.*)

STANLEY: Ponho ele no pescoço?

*Ela o fica observando, insegura. Ele pendura o tambor no pescoço, bate nele levemente com as baquetas, então começa a marchar em volta da mesa com batidas regulares. MEG, satisfeita, segue o observando. Continuando com as batidas, ele dá mais uma volta em torno da mesa. As batidas vão se tornando descompassadas, erráticas, descontroladas. MEG vai ficando aterrorizada. Ele chega perto da cadeira onde ela está sentada, batendo violentamente no tambor. Sua expressão e o som que ele tira do instrumento são selvagens, como se estivesse possuído.*

*Cai o pano.*

# Ato 2

*MCCANN está sentado à mesa rasgando uma folha de jornal em cinco tiras iguais. É noite. Depois de um instante STANLEY entra pela esquerda. Ele para ao ver MCCANN e fica observando-o. Depois, vai até a porta da cozinha, para e fala.*

STANLEY: Boa noite.
MCCANN: Boa noite.

*Ouvem-se risadas pela porta dos fundos, que está aberta.*

STANLEY: Que noite quente. (*Ele se vira para a porta dos fundos, volta.*) Tem alguém lá fora?

*MCCANN rasga outra tira de jornal. STANLEY entra na cozinha e enche um copo d'água. Ele bebe, sempre olhando através da portinhola. Ele deixa o copo, sai da cozinha e caminha rapidamente até a porta dos fundos, à esquerda. MCCANN se levanta e se interpõe no caminho dele.*

MCCANN: Acho que ainda não fomos apresentados.
STANLEY: É, acho que não.
MCCANN: Meu nome é McCann.
STANLEY: Vai ficar aqui muito tempo?
MCCANN: Não muito. Como você se chama?
STANLEY: Webber.
MCCANN: É um prazer conhecê-lo, senhor. (*Ele oferece a mão. STANLEY a pega, MCCANN retém STANLEY com seu aperto.*) Meus parabéns. (*STANLEY tira a mão. Eles se encaram.*) O senhor ia sair?
STANLEY: Ia.
MCCANN: No dia do seu aniversário?
STANLEY: É. Por que não?
MCCANN: Mas estão dando uma festa aqui pro senhor.
STANLEY: Mesmo? Que lástima.
MCCANN: Ah, não. É muito bom.

*Vozes pela porta dos fundos.*

STANLEY: Me perdoe. Hoje eu não tô em clima de festa.
MCCANN: Ah, não me diga. Eu sinto muito.
STANLEY: Pois é, eu tô a fim de comemorar em silêncio, sozinho.
MCCANN: Mas que pena.

*Eles ficam parados.*

STANLEY: Agora, se você me deixasse passar...
MCCANN: Mas já está tudo pronto. Só faltam os convidados.
STANLEY: Convidados? Que convidados?
MCCANN: Eu, por exemplo. Eu tive a honra de ser convidado.

> *MCCANN começa a assoviar a canção "The Mountains of Morne".*

STANLEY: (*Afastando-se.*) Eu não chamaria isso de honra. É só um pretexto pra encher a cara.

> *STANLEY se junta no assovio de "The Mountains of Morne". Durante as próximas cinco falas o assovio deve ser contínuo, um assovia enquanto o outro fala, quando não assoviam juntos.*

MCCANN: Mas é uma honra.
STANLEY: Acho que você tá exagerando.
MCCANN: De jeito nenhum, é uma grande honra.
STANLEY: Acho isso uma babaquice.
MCCANN: Ah, não.

> *Ele se encaram.*

STANLEY: Quem são os outros convidados?
MCCANN: Uma jovem.
STANLEY: Ah. É? E... ?
MCCANN: Um amigo meu.

STANLEY: Um amigo?
MCCANN: Isso. Já está tudo pronto.

*STANLEY caminha em volta da mesa em direção à porta. MCCANN o intercepta.*

STANLEY: Com licença.
MCCANN: Aonde o senhor vai?
STANLEY: Eu quero sair.
MCCANN: Por que não fica aqui?

*STANLEY se afasta, vai para a direita da mesa.*

STANLEY: Quer dizer então que você está passando férias aqui?
MCCANN: Umas feriazinhas. (*STANLEY pega uma das tiras de jornal.*) Cuidado com isso.
STANLEY: O que é isso?
MCCANN: Cuidado. Deixe isso aí.
STANLEY: Eu tenho a impressão de que já nos encontramos antes.
MCCANN: Não, nós nunca nos encontramos.
STANLEY: Você nunca esteve em Maidenhead?
MCCANN: Não.
STANLEY: Lá tem uma confeitaria onde eu costumava tomar chá.
MCCANN: Não conheço.
STANLEY: E uma biblioteca. A tua cara me faz lembrar da rua principal.
MCCANN: Verdade?

STANLEY: Uma cidade linda, você não acha?
MCCANN: Não conheço.
STANLEY: Ah, não. Uma comunidade tranquila e próspera. Nasci e fui criado lá. Eu morava longe da rua principal.
MCCANN: É mesmo?

*Pausa.*

STANLEY: Vai ficar pouco tempo aqui?
MCCANN: Exato.
STANLEY: Vai achar muito agradável.
MCCANN: Você acha agradável?
STANLEY: Eu? Não. Mas você vai achar. (*Ele se senta à mesa.*) Eu gosto daqui, mas logo vou me mudar. Voltar pra casa. E vou ficar lá dessa vez. Nada se compara a nossa casa. (*Ele ri.*) Eu não devia ter ido embora, mas o dever chama. O dever me chamou, então eu tive que ficar fora um tempo. Você sabe como é.
MCCANN: (*Sentando-se no lado esquerdo da mesa.*) Você está trabalhando?
STANLEY: Não. Acho que vou desistir. Sabe, eu tenho uma pequena renda privada. Acho que vou desistir. Não gosto de ficar longe de casa. Eu tinha uma vida tão tranquila... tocava meus discos, só isso. Me entregavam tudo na porta de casa. Depois comecei um pequeno negócio particular, e de certa forma foi isso que me obrigou a vir pra cá... e tive que ficar mais tempo do que pretendia. A gente nunca se acostuma a morar na casa de outra pessoa. Você não

concorda comigo? Eu levo uma vida tão tranquila. Você só dá valor às coisas depois que elas mudam. É o que se diz por aí, não é? Cigarro?

MCCANN: Eu não fumo.

*STANLEY acende um cigarro. Vozes pela porta dos fundos.*

STANLEY: Sabe de uma coisa? Olhando assim pra mim, aposto que você não acharia que eu levo uma vida tão tranquila. As rugas no meu rosto, ahn? É a bebida. Ando bebendo muito aqui. Mas o que eu quero dizer é o seguinte... sabe como é... longe da sua própria... tudo errado, claro... Eu vou ficar bem quando voltar... mas o que eu quero dizer é que quando as pessoas olham pra mim, é como se elas achassem que eu sou outra pessoa. Acho que devo ter mudado, mas continuo a ser o mesmo homem que sempre fui. Não dá pra saber, olhando assim pra mim... não dá pra dizer que eu seja um cara capaz de causar... qualquer tipo de problema, você não acha? (MCCANN *olha para ele.*) Entende o que eu tô querendo dizer?

MCCANN: Não. (STANLEY *pega uma tira de jornal.*) Cuidado.

STANLEY: (*Rapidamente.*) O que você veio fazer aqui?

MCCANN: Umas feriazinhas.

STANLEY: É ridículo ter escolhido essa casa. (*Ele se levanta.*)

MCCANN: Por quê?

STANLEY: Porque isso aqui não é nenhuma pensão. Nunca foi.

MCCANN: Claro que é.

STANLEY: Por que você foi escolher logo essa casa aqui?

MCCANN: Sabe que pra quem está fazendo aniversário, o senhor está meio deprimido?

STANLEY: (*Cortante.*) Por que você fica me chamando de senhor?

MCCANN: O senhor não gosta?

STANLEY: (*Voltando para a mesa.*) Não. E depois, não é meu aniversário.

MCCANN: Não?

STANLEY: Não. É só no mês que vem.

MCCANN: Segundo a senhora aqui, não.

STANLEY: Essa daí? Ela é maluca. Completamente pirada.

MCCANN: É horrível isso que o senhor está dizendo.

STANLEY: (*Indo para a mesa.*) Você ainda não percebeu? Tem muita coisa que você ainda não sabe. Acho que estão fazendo você de trouxa.

MCCANN: Quem faria isso?

STANLEY: (*Debruçando-se sobre a mesa.*) Essa mulher daí é maluca!

MCCANN: Isso é difamação.

STANLEY: E você não sabe o que você tá fazendo.

MCCANN: Seu cigarro está muito perto do jornal.

*Vozes lá fora.*

STANLEY: Onde eles se meteram? (*Apagando o cigarro.*) Por que eles não entram? O que eles tão fazendo lá fora?

MCCANN: Você quer se acalmar?

*STANLEY cruza até ele e agarra seu braço.*

STANLEY: (*Com urgência.*) Olha aqui...
MCCANN: Não me toque.
STANLEY: Olha. Me escuta um minuto.
MCCANN: Solte o meu braço.
STANLEY: Olha. Senta aqui.
MCCANN: (*Brutalmente, batendo no braço dele.*) Não faça isso!

*STANLEY recua cruzando o palco, segurando o braço.*

STANLEY: Escuta. Você sabia do que eu tava falando, não sabia?
MCCANN: Não faço a menor ideia do que você tá querendo.
STANLEY: É um erro! Tá me entendendo?
MCCANN: Você não está muito bem, cavalheiro.
STANLEY: (*Sussurrando, avançando.*) Ele te contou alguma coisa? Você sabe o que você veio fazer aqui? Me diz. Não precisa ter medo de mim. Ou ele não te contou?
MCCANN: Me contou o quê?
STANLEY: (*Sibilando.*) Eu já disse pra você, porra, que aqueles anos todos que eu morei em Basingstoke eu nunca pus o nariz fora de casa.
MCCANN: Olha aqui, você tá me irritando.
STANLEY: (*Mais controlado.*) Olha só, você é um cara honesto. Só tão é te fazendo de trouxa, só isso. Tá me entendendo? Você é de onde?
MCCANN: De onde o senhor acha?
STANLEY: Eu conheço muito bem a Irlanda. Tenho um monte de amigos lá. Gosto da paisagem, admiro e confio nas pessoas de lá. Eu confio nelas. Elas sabem respeitar a verdade e têm muito senso de humor. Acho os policiais de lá sensa-

cionais. Nunca vi pôr do sol tão bonito. Você quer sair pra tomar alguma coisa? Tem um bar no fim da rua que serve uma Guinness deliciosa. Coisa difícil de se encontrar por esses lados... (*Ele estanca. As vozes se aproximam.* GOLDBERG *e* PETEY *entram pela porta dos fundos.*)

GOLDBERG: (*Entrando.*) Uma mãe como não existe outra. (*Ele vê* STANLEY.) Ah.

PETEY: Ah, olá, Stan. O senhor ainda não tinha encontrado o Stanley, Sr. Goldberg?

GOLDBERG: Ainda não tinha tido o prazer.

PETEY: Bom, então, Sr. Goldberg, este é o Sr. Webber.

GOLDBERG: Muito prazer.

PETEY: Nós estávamos só tomando um ar no jardim.

GOLDBERG: Eu estava falando para o Sr. Boles sobre minha velha mãe. Que dias, aqueles. (*Senta-se à mesa, à direita.*) Sim. Quando eu era jovem, toda sexta-feira, eu caminhava pelo canal com uma menina que morava na minha rua. Uma menina linda. Que voz ela tinha! Parecia um rouxinol, juro pela minha alma. Pura. Cristalina. Não é à toa que ela dava aula pra crianças. Depois me despedia dela com um beijo no rosto. Nunca fui de tomar liberdades... nós não éramos como a rapaziada de hoje em dia. Sabíamos o significado da palavra respeito. Eu dava um beijinho nela e voltava feliz da vida pra casa. Cantarolando, eu passava pelo playground. Tirava meu chapéu pras criancinhas, dava ajuda pra algum cachorro perdido, era tudo tão natural. Me lembro como se fosse ontem. O sol se pondo atrás do estádio de corrida de cachorros. Ah! (*Ele se recosta satisfeito.*)

MCCANN: Igual atrás da prefeitura.

GOLDBERG: Prefeitura de onde?

MCCANN: Carrickmacross.

GOLDBERG: Não tem nem comparação. Eu subia a rua, passava pelo portão, entrava pela porta, e estava em casa. "Simey!", minha velha mãe dizia, "rápido, antes que esfrie." E em cima da mesa? O melhor bolinho de peixe com que você podia sonhar.

MCCANN: Eu achava que seu nome era Nat.

GOLDBERG: Ela me chamava de Simey.

PETEY: É, todos nos lembramos da nossa infância.

GOLDBERG: Isso é verdade. Hem, Sr. Webber, o que diz? Infância? Bolsa de água quente. Leite morno. Panquecas. Bolhas de sabão. Que vida.

*Pausa.*

PETEY: (*Levantando-se.*) Bom, eu tenho que sair.

GOLDBERG: Sair?

PETEY: É meu dia de jogar xadrez.

GOLDBERG: Não vai ficar pra festa?

PETEY: Não, desculpe, Stan. Eu só soube ainda há pouco. E fiquei de ir jogar. Vou tentar voltar mais cedo.

GOLDBERG: Vamos guardar uma bebida pra você, tudo bem? Ah, isso me fez lembrar. Vai lá pegar as bebidas.

MCCANN: Agora?

GOLDBERG: Lógico que agora. O tempo não espera. É logo ali na esquina, lembra? É só dizer meu nome.

PETEY: Estou indo na mesma direção.
GOLDBERG: Dê logo uma surra neles e volte rápido, Sr. Boles.
PETEY: Vou ver o que dá pra fazer. Até mais tarde, Stan.

*PETEY e MCCANN saem pela esquerda. STANLEY vai para o centro.*

GOLDBERG: Noite quente.
STANLEY: (*Virando-se.*) Não se mete comigo.
GOLDBERG: Perdão?
STANLEY: (*Indo para o proscênio.*) Eu acho que houve um engano. Nós estamos lotados. Seu quarto está reservado. A Sra. Boles esqueceu de lhe dizer. Vocês vão ter que achar outro lugar.
GOLDBERG: Você é o gerente daqui?
STANLEY: Exatamente.
GOLDBERG: O negócio vai indo bem?
STANLEY: Sou eu quem administra essa casa. Eu sinto muito, mas você e seu amigo vão ter que procurar outra pensão.
GOLDBERG: (*Levantando-se.*) Oh, já ia me esquecendo, tenho que cumprimentá-lo pelo seu aniversário. (*Oferecendo a mão.*) Meus parabéns.
STANLEY: (*Ignorando a mão dele.*) Você deve ser surdo.
GOLDBERG: Pois não sou, por que está dizendo isso? Na verdade, cada um dos meus sentidos está no ápice de sua capacidade. Nada mal, hem? Para um homem que já passou dos cinquenta. Mas sempre tive a impressão de que um aniversário é uma ocasião sublime, que atualmente tem sido relegada a um segundo plano. Uma coisa tão importante

a celebrar — o nascimento! É como despertar de manhã. Uma coisa maravilhosa! Muita gente não suporta a ideia de ter que se levantar de manhã. Dizem que a pele está grossa, a barba por fazer, que os olhos estão inundados de remela, a boca com cheiro de latrina, as mãos cobertas de suor, o nariz entupido, os pés fedem, você não passa de um cadáver à espera de alguém que te lave. Sempre que escuto alguém falando essas coisas eu me sinto revigorado. Porque eu sei o que é despertar com o raiar do sol, com o ruído do cortador de grama, os passarinhos, o cheiro da grama, os sinos da igreja, suco de tomate...

STANLEY: Vá embora.

*MCCANN entra, trazendo algumas garrafas.*

Leve embora essas garrafas. Nós não temos licença pra servir bebida alcoólica.

GOLDBERG: O senhor está num péssimo humor hoje, Sr. Webber. E logo no dia do seu aniversário, com essa bondosa senhora aí fazendo o impossível para dar uma festa para você.

*MCCANN coloca as garrafas sobre o móvel.*

STANLEY: Eu disse pra você tirar essas garrafas daqui.
GOLDBERG: Sr. Webber, por favor, sente-se um instante.
STANLEY: Olha só — vamos deixar uma coisa bem clara. A mim vocês não interessam. Pra mim vocês não passam de uma brincadeira de mau gosto. Mas eu tenho responsabili-

dade com as pessoas dessa casa. Elas tão morando aqui há muito tempo. Perderam o faro. Mas eu, não. E ninguém vai se aproveitar delas enquanto eu estiver aqui. (*Com menor convicção.*) Essa casa aqui não é pra vocês. Aqui vocês não vão conseguir nada. Então por que vocês não se mandam, sem mais aborrecimento?

GOLDBERG: Sente-se, Sr. Webber.

STANLEY: Não adianta querer começar a fazer encrenca.

GOLDBERG: Sente-se.

STANLEY: Por que eu deveria me sentar?

GOLDBERG: Pra ser sincero, Webber, você está começando a encher o meu saco.

STANLEY: Não diga? Bom isso...

GOLDBERG: Sente-se.

STANLEY: Não.

*GOLDBERG suspira e se senta à direita da mesa.*

GOLDBERG: McCann.

MCCANN: Sim, Nat?

GOLDBERG: Peça para ele se sentar.

MCCANN: Sim, Nat. (*MCCANN vai até STANLEY.*) O senhor se incomoda de se sentar?

STANLEY: Me incomodo.

MCCANN: Sim, mas... seria melhor que o senhor se sentasse.

STANLEY: Por que você não se senta?

MCCANN: Não. Eu não... você.

STANLEY: Não, obrigado.

*Pausa.*

MCCANN: Nat.
GOLDBERG: O quê?
MCCANN: Ele não quer se sentar.
GOLDBERG: Peça a ele.
MCCANN: Eu já pedi.
GOLDBERG: Peça novamente.
MCCANN: (*Para STANLEY.*) Sente-se.
STANLEY: Por quê?
MCCANN: Ficaria mais confortável.
STANLEY: Você também.

*Pausa.*

MCCANN: Tudo bem, se você se sentar eu me sento também.
STANLEY: Primeiro você.

*MCCANN se senta lentamente à esquerda da mesa.*

MCCANN: Então?
STANLEY: Muito bem. Agora que vocês descansaram já podem ir embora!
MCCANN: Isso é sujeira! Eu vou acabar com ele!
GOLDBERG: (*Levantando-se.*) Não! Eu já me levantei.
MCCANN: Pois volte a se sentar.
GOLDBERG: Quando me levanto, eu fico de pé.
STANLEY: Eu também.
MCCANN: (*Indo para STANLEY.*) Você fez o Sr. Goldberg se levantar.
STANLEY: (*Aumentando o tom.*) Faz bem à saúde.

MCCANN: Sente-se aí.
GOLDBERG: McCann.
MCCANN: Sente-se. Nessa cadeira aí!
GOLDBERG: (*Cruzando até ele.*) Webber. (*Calmamente.*) Sente-se. (*Silêncio.* STANLEY *começa a assoviar "The Mountains of Morne". Ele caminha calmamente para a cadeira perto da mesa. Os outros observam. Ele para de assoviar. Silêncio. Ele se senta.*)
STANLEY: Vocês tomem cuidado.
GOLDBERG: Webber, o que você fez ontem?
STANLEY: Ontem?
GOLDBERG: E anteontem. O que você fez trasanteontem?
STANLEY: Como assim?
GOLDBERG: Por que você está fazendo todo mundo aqui perder tempo, Webber? Por que você fica atrapalhando todo mundo?
STANLEY: Eu? O que você tá...
GOLDBERG: Sabe o que você é, Webber? Você é um fracasso. Por que você fica perturbando todo mundo? Por que você está deixando essa velha daí maluca?
MCCANN: Ele gosta!
GOLDBERG: Por que você tem se comportado tão mal, Webber? Por que você obriga esse pobre velho a sair pra jogar xadrez?
STANLEY: Eu?
GOLDBERG: Por que você a trata como se ela fosse uma leprosa? Ela não é uma leprosa, Webber!
STANLEY: Mas que...
GOLDBERG: Que roupa você usou semana passada, Webber? Onde você guarda seus ternos?

MCCANN: Por que você saiu da organização?
GOLDBERG: O que diria sua velha mãe, Webber?
MCCANN: Por que você nos traiu?
GOLDBERG: Você me magoou, Webber. Você está jogando sujo.
MCCANN: Isso tá mais do que na cara.
GOLDBERG: Quem ele pensa que é?
MCCANN: Quem você pensa que é?
STANLEY: Vocês tão numa furada.
MCCANN: Quando foi que você veio pra esse lugar?
STANLEY: Ano passado.
GOLDBERG: E de onde você veio?
STANLEY: De um outro lugar.
GOLDBERG: Por que você veio pra cá?
STANLEY: Eu tava com dor nos pés.
GOLDBERG: Por que ficou aqui?
STANLEY: Tava com dor de cabeça!
GOLDBERG: E chegou a tomar alguma coisa?
STANLEY: Tomei.
GOLDBERG: O quê?
STANLEY: Sal de frutas.
GOLDBERG: Eno ou Andrews?
STANLEY: É... ahn...
GOLDBERG: Você mexeu bem? Borbulhou?
STANLEY: Olha, olha aqui, espera, você...
GOLDBERG: Borbulhou? Ou não borbulhou?
MCCANN: Ele não sabe!
GOLDBERG: Não minta.
MCCANN: Você traiu a organização. Eu conheço ele!
STANLEY: Conhece nada!

GOLDBERG: O que você consegue ver sem óculos?
STANLEY: Tudo.
GOLDBERG: Tire os óculos dele.

*MCCANN arranca os óculos, e quando STANLEY se levanta para pegá-los, ele pega a cadeira em que estava sentado e a leva mais para a frente, STANLEY tenta segui-lo aos tropeços, se agarra na cadeira e se curva sobre ela.*

Webber, você é uma farsa. (*Eles ficam cada um de um lado da cadeira.*) Quando foi a última vez que você lavou um prato?
STANLEY: No penúltimo Natal.
GOLDBERG: Onde?
STANLEY: Num restaurante do Lyons.
GOLDBERG: Qual deles?
STANLEY: O de Marble Arch.
GOLDBERG: Onde está sua mulher?
STANLEY: Em...
GOLDBERG: Responda.
STANLEY: (*Virando-se, encolhido.*) Que mulher?
GOLDBERG: O que você fez com sua mulher?
STANLEY: (*Senta-se de costas para a plateia.*) Que mulher?
GOLDBERG: Por que você matou sua mulher?
MCCANN: Ele matou a mulher!
GOLDBERG: Por que você matou sua mulher?
MCCANN: Como ele matou ela?
GOLDBERG: Como ele matou ela?
MCCANN: Ele estrangulou ela?

GOLDBERG: Com arsênico.

MCCANN: É esse o cara!

GOLDBERG: Onde está sua velha mãe?

STANLEY: No hospício.

MCCANN: Isso!

GOLDBERG: Por que você nunca se casou?

MCCANN: Ela ficou esperando por você na varanda.

GOLDBERG: Você fugiu do casamento.

MCCANN: Deixou ela na mão.

GOLDBERG: Você deixou ela pra titia.

MCCANN: Ela ficou esperando na igreja.

GOLDBERG: Webber, por que você mudou de nome?

STANLEY: Eu esqueci o outro.

GOLDBERG: E agora, qual é seu nome?

STANLEY: João Sabão.

GOLDBERG: Você fede a pecado.

MCCANN: Eu consigo sentir o cheiro.

GOLDBERG: Você acredita numa força superior?

STANLEY: O quê?

GOLDBERG: Você acredita numa força superior?

MCCANN: Essa é a questão!

GOLDBERG: Você acredita numa força superior, responsável por você, que sofre por você?

STANLEY: Já tá tarde.

GOLDBERG: Tarde! Tarde demais! Quando foi a última vez que você rezou?

MCCANN: Ele está suando!

GOLDBERG: Quando foi a última vez que você rezou?

MCCANN: Ele está suando!

GOLDBERG: O número 846 é possível ou necessário?
STANLEY: Nenhum dos dois.
GOLDBERG: Errado! O número 846 é possível ou necessário?
STANLEY: Os dois.
GOLDBERG: Errado! É necessário, mas não é possível.
STANLEY: Os dois.
GOLDBERG: Errado! Por que acha que o número 846 é necessariamente possível?
STANLEY: Deve ser.
GOLDBERG: Errado! Ele é necessariamente necessário! Só aceitamos a possibilidade depois de garantir a necessidade. É possível por ser necessário, mas de forma alguma será necessário por meio da possibilidade. A possibilidade só pode ser aceita depois que a necessidade ficar comprovada.
MCCANN: Certo!
GOLDBERG: Certo! Mas é claro que está certo! Nós estamos certos e você está errado, Webber, de cabo a rabo.
MCCANN: Principalmente de cabo a rabo!
GOLDBERG: Pra onde essa sua luxúria vai lhe levar?
MCCANN: Você vai pagar caro por isso.
GOLDBERG: Você se entope com pão seco.
MCCANN: Você contamina as mulheres.
GOLDBERG: Por que você não paga seu aluguel?
MCCANN: Estuprador de mães!
GOLDBERG: Por que você enfia o dedo no nariz?
MCCANN: Eu exijo justiça!
GOLDBERG: Qual é o teu negócio?
MCCANN: Fala sobre a Irlanda!
GOLDBERG: Qual é o teu negócio?

STANLEY: Eu toco piano.

GOLDBERG: Com quantos dedos?

STANLEY: Sem as mãos!

GOLDBERG: Nenhuma sociedade te aceitaria. Nem sociedade beneficente!

MCCANN: Você traiu a batina.

GOLDBERG: Que tipo de pijama você usa?

STANLEY: Nenhum.

GOLDBERG: Você contaminou com vermes o lençol em que nasceu.

MCCANN: O que você tem a dizer sobre a heresia albigense?

GOLDBERG: Pra que time de Melbourne você torce?

MCCANN: Você é a favor ou contra a canonização de Madre Teresa de Calcutá?

GOLDBERG: Fale alguma coisa, Webber. Por que a galinha atravessou a rua?

STANLEY: Porque ela quis... ela quis... ela quis...

MCCANN: Ele não sabe!

GOLDBERG: Por que a galinha atravessou a rua?

STANLEY: Ela quis... ela quis...

GOLDBERG: Por que a galinha atravessou a rua?

STANLEY: Ela quis...

MCCANN: Ele não sabe. Ele não sabe o que veio primeiro!

GOLDBERG: O que veio primeiro?

MCCANN: A galinha? O ovo? O que veio primeiro?

*STANLEY grita.*

GOLDBERG: Ele não sabe. Você reconhece sua própria cara?

MCCANN: Acorda ele. Enfia uma agulha nos olhos dele.

GOLDBERG: Você é uma praga, Webber. Você é uma catástrofe.
MCCANN: Você é o resto!
GOLDBERG: Mas nós temos a solução pra você. Nós podemos te esterilizar.
MCCANN: E o massacre de Drogheda?
GOLDBERG: Você não é mais nada. É só o bafo que sobrou.
MCCANN: Você traiu nossa terra.
GOLDBERG: Você traiu nosso povo.
MCCANN: Quem é você, Webber?
GOLDBERG: Por que você ainda pensa que existe?
MCCANN: Você está morto.
GOLDBERG: Você está morto. Você não pode viver, não pode pensar, não pode amar. Você está morto. Você é uma peste que se alastrou. Não tem mais substância. Você não passa de um mau cheiro.

> *Silêncio. Os dois dominam STANLEY, que está encolhido na cadeira. Ele olha lentamente para cima e acerta um chute no estômago de GOLDBERG. GOLDBERG cai. STANLEY fica de pé. MCCANN pega uma cadeira e a levanta sobre sua cabeça. STANLEY pega outra cadeira e protege sua cabeça com ela. MCCANN e STANLEY começam a andar em círculo.*

GOLDBERG: Calma, McCann.
STANLEY: (*Circulando.*) Uuuuhhhhh!
MCCANN: Muito bem, Judas.
GOLDBERG: (*Levantando-se.*) Calma, McCann.
MCCANN: Anda, vem!

STANLEY: Uuuuuhhhhh!

MCCANN: Ele está suando.

STANLEY: Uuuuuhhhhh!

GOLDBERG: Devagar, McCann.

MCCANN: O desgraçado está suando que nem um porco.

> *Ouve-se o som forte do tambor sendo tocado lá fora, descendo as escadas. GOLDBERG pega a cadeira de STANLEY. Eles colocam as cadeiras no chão. Ficam todos parados. MEG entra, de vestido de baile, trazendo o tambor e as baquetas.*

MEG: Eu trouxe o tambor. Estou pronta pra festa.

GOLDBERG: Que maravilha.

MEG: Gostou do meu vestido?

GOLDBERG: Deslumbrante. Coisa do outro mundo.

MEG: Eu sei. Foi meu pai quem me deu de presente. (*Colocando o tambor sobre a mesa.*) Ele não tem um som tão bonito?

GOLDBERG: É um instrumento excelente. Quem sabe o Stan não toca uma música mais tarde?

MEG: Ah, sim. Você toca, Stan?

STANLEY: Pode me devolver meus óculos?

GOLDBERG: Ah, sim. (*Ele estende uma das mãos para MCCANN. MCCANN lhe entrega os óculos.*) Aqui estão. (*Ele oferece os óculos para STANLEY, que vai pegar.*) Aqui estão. (*STANLEY pega seus óculos.*) E agora, o que temos para beber? O suficiente para afundar um navio. Quatro garrafas de uísque escocês e uma de irlandês.

MEG: Ah, Sr. Goldberg, o que acha que eu devo beber?

GOLDBERG: Antes, os copos, por favor. Abra o uísque escocês, McCann.

MEG: (*Indo ao armário.*) Vou pegar meus melhores copos.

MCCANN: Eu não bebo uísque escocês.

GOLDBERG: Então abra o irlandês pra você.

MEG: (*Trazendo os copos.*) Aqui estão.

GOLDBERG: Muito bem, Sra. Boles, acho que o Stanley deve fazer o brinde, a senhora não acha?

MEG: Ah, sim. Venha, Stanley. (STANLEY *caminha lentamente para a mesa.*) Gostou do meu vestido, Sr. Goldberg?

GOLDBERG: É espetacular. Dê só uma volta. Já trabalhei no ramo. Vamos, caminhe até ali.

MEG: Ah, não.

GOLDBERG: Deixe de vergonha. (*Dá-lhe um tapa na bunda.*)

MEG: Uuuh!

GOLDBERG: Desfile aí na passarela. Deixe a gente dar uma olhada em você. Que andar. O que acha, hem, McCann? O porte de uma condessa. Agora, por favor, madame, caminhe até a cozinha. Olha só que postura!

MCCANN: (*Para* STANLEY.) Pode servir o irlandês pra mim.

GOLDBERG: A senhora parece um lírio do campo.

MEG: Stan, o que achou do meu vestido?

GOLDBERG: Um para a senhora, aqui, por favor. Madame... seu drinque,

MEG: Obrigada.

GOLDBERG: Levantem os copos, damas e cavalheiros. Vamos fazer um brinde.

MEG: Lulu ainda não chegou.

GOLDBERG: Mas já passou da hora. Agora... quem vai propor o brinde? Só pode ser a senhora, Sra. Boles.

MEG: Eu?

GOLDBERG: Sim, quem mais?

MEG: Mas o que vou dizer?

GOLDBERG: Diga o que lhe vier ao coração. O que realmente está sentindo. (MEG *fica indecisa.*) É o aniversário do Stanley. O seu Stanley. Olhe bem pra ele. Olhe pra ele e deixe vir. Espere um instante, a luz está muito forte. Vamos fazer uma luz mais apropriada. McCann, você não tem uma lanterna?

MCCANN: (*Pegando uma pequena lanterna no bolso.*) Tenho.

GOLDBERG: Apague a luz e ligue sua lanterna. (MCCANN *vai até a porta, apaga as luzes, volta e aponta sua lanterna para* MEG. *Do lado de fora, entrando pela janela, ainda há alguma claridade.*) Na senhora, não, no cavalheiro! Ilumine o aniversariante. (MCCANN *direciona o facho de luz para o rosto de* STANLEY.) Agora, Sra. Boles, pode começar.

*Pausa.*

MEG: Eu não sei o que dizer.

GOLDBERG: Olhe para ele. Olhe bem para ele.

MEG: A luz não tá nos olhos dele?

GOLDBERG: Não, não. Prossiga.

MEG: Bem... é muito, muito bom estar aqui esta noite, na minha casa, e eu quero propor um brinde ao Stanley, porque hoje é o aniversário dele, e ele já está morando aqui há tanto tempo que agora ele é o meu Stanley. Ele é um bom menino, se bem que às vezes ele se comporta mal. (GOLDBERG *concorda com um riso.*) Ele é o único Stanley que eu conheço, e eu conheço ele melhor do que qualquer outra pessoa no mundo, embora ele não saiba disso. (*GOLDBERG diz: "Viva! Viva!"*) Bom, eu estou quase chorando de tanta felicidade, por ele estar aqui e não ter ido embora no dia do seu aniversário, e não há nada que eu não faria por ele, e por todas as pessoas tão gentis aqui presentes... (*Ela soluça.*)

GOLDBERG: Lindo, lindo! Que discurso lindo. Acende a luz, McCann. (*MCCANN vai em direção à porta. STANLEY continua imóvel.*) Foi um brinde emocionante. (*As luzes se acendem. LULU entra pela porta da esquerda. GOLDBERG consola MEG.*) Ora, o que é isso? Vamos lá, sorria, olha o passarinho. Assim. Oh, vejam quem está aqui.

MEG: Lulu.

GOLDBERG: Como vai, Lulu? Eu sou Nat Goldberg.

LULU: Olá.

GOLDBERG: Stanley, um drinque para sua convidada. Você acabou de perder o brinde, minha querida, e que brinde.

LULU: Perdi?

GOLDBERG: Stanley, uma bebida aqui para sua convidada. Stanley. (*STANLEY dá um copo a LULU.*) Isso. Agora ergam seus copos. Todos de pé? Não, você não, Stanley. Você tem que ficar sentado.

MCCANN: Isso mesmo. Ele tem que ficar sentado.

GOLDBERG: Não se importa de ficar sentado um instante? Vamos beber a sua saúde.

MEG: Vamos lá!

LULU: Vamos lá!

*STANLEY está sentado numa cadeira perto da mesa.*

GOLDBERG: Muito bem. Agora que o Stanley se sentou. (*Tomando o palco.*) Bom, antes de mais nada eu preciso dizer que jamais me senti tão profundamente tocado por um brinde quanto o que acabamos de presenciar. Quando, nos dias de hoje, temos a oportunidade de vivenciar uma afeição tão genuína? É coisa rara. Até há poucos minutos, senhoras e senhores, eu, tanto quanto vocês, estava a me fazer essa pergunta. O que aconteceu com o amor, com a bonomia, com a expressão explícita de carinho de antigamente, que nossas mães nos ensinaram em nossos berços?

MCCANN: O vento levou.

GOLDBERG: Era o que eu acreditava, até hoje. Como eu gosto de uma boa risada, num dia de pescaria, uma tarde de jardinagem. Eu tinha muito orgulho da minha estufa, construída com o suor de minhas próprias mãos. Esse é o tipo de homem que eu sou. Não ligo pro tamanho, mas pra qualidade. Um carro pequeno, uma xícara de chá numa confeitaria, um livro de biblioteca, pra mim é o que basta. Mas ainda agora, há poucos minutos a dona dessa casa disse umas palavras que me abalaram profundamente devido aos sentimentos que ela expressou. Só me resta dizer é que aquele a quem essas palavras foram dirigidas deve se considerar um homem de sorte. Como posso explicar? Cada um de nós neste mundo persegue o seu destino e afoga no travesseiro sua solidão. Não é verdade?

LULU: (*Com admiração.*) Totalmente!

GOLDBERG: De acordo. Mas esta noite, Lulu, McCann, tivemos um grande privilégio. Testemunhamos uma senhora estender sua completa devoção, com todo orgulho, toda pompa

e circunstância a um ser de sua própria espécie. Aceite, Stanley, minhas mais sinceras congratulações. Desejo a você, em nome de todos aqui presentes, um feliz aniversário. Tenho certeza de que jamais sentiu tanto orgulho, em toda sua vida, quanto sente agora. Mazel Tov! E que só nos encontremos no Simchahs! (*LULU e MEG aplaudem.*) Apague as luzes, McCann, pra fazermos o brinde.
LULU: Que lindo discurso.

*MCCANN apaga as luzes, volta e direciona a lanterna para o rosto de STANLEY. A claridade do lado de fora está mais fraca.*

GOLDBERG: Tire os óculos, Stanley... feliz aniversário.
MCCANN: Feliz aniversário.
LULU: Feliz aniversário.
MEG: Muitas felicidades, Stan.
GOLDBERG: E muitos anos de vida.

*Todos bebem.*

MEG: (*Beijando-o.*) Oh, Stanny...
GOLDBERG: Luzes!
MCCANN: Certo! (*Ele acende as luzes.*)
MEG: Tim-tim, Stan.
LULU: Sr. Goldberg...
GOLDBERG: Me chame de Nat.
MEG: (*Para MCCANN.*) Tim-tim.
LULU: (*Para GOLDBERG.*) Seu copo está vazio. Deixe que eu encho.

GOLDBERG: Com prazer.

LULU: Nat, você é em orador incrível, sabia? Onde foi que você aprendeu a falar dessa maneira?

GOLDBERG: Ah, você gostou?

LULU: Eu amei!

GOLDBERG: Bom, a primeira oportunidade que tive de falar em público foi no Auditório Municipal, em Bayswater. Foi um evento extraordinário. Jamais serei capaz de esquecer. Estavam todos lá naquele dia. A rua ficou deserta. Claro que isso já tem um bom tempo.

LULU: E sobre o que você falou?

GOLDBERG: Sobre o Necessário e o Possível. Foi um estouro. De lá pra cá não parei mais de fazer discursos em casamentos.

*STANLEY está parado. GOLDBERG senta-se à esquerda da mesa. MEG se junta a MCCANN mais à frente. MCCANN se serve de mais uísque irlandês da garrafa que carrega.*

MEG: Deixa eu provar um pouco do seu.

MCCANN: Aí mesmo?

MEG: É.

MCCANN: Você está acostumada a misturar?

MEG: Não.

MCCANN: Me dê o seu copo.

*MEG se senta num pequeno armário de sapatos na esquerda. LULU, à mesa, serve mais bebida para GOLDBERG e para si mesma. Depois dá o copo a GOLDBERG.*

GOLDBERG: Obrigado.

MEG: (*Para MCCANN.*) Acha que eu devo?

GOLDBERG: Lulu, você é uma garota tão cheia de vida. Vem sentar aqui no meu colo.

MCCANN: Por que não?

LULU: Acha que eu devo?

GOLDBERG: Experimente.

MEG: (*Bebericando.*) Que gostoso.

LULU: Vou brincar de cavalinho.

MCCANN: Não sei como você consegue misturar.

GOLDBERG: Vem sentir como a sela é macia.

MEG: (*Para MCCANN.*) Sente aqui nesse banquinho.

*LULU se senta no colo de GOLDBERG.*

MCCANN: Nesse?

GOLDBERG: Tá confortável?

LULU: Demais.

MCCANN: (*Sentando-se.*) Tão confortável.

GOLDBERG: Seus olhos são tão expressivos.

LULU: Os seus também.

GOLDBERG: Você acha?

LULU: (*Com uma risadinha.*) Deixa disso!

MCCANN: (*Para MEG.*) Onde você arranjou?

MEG: Presente de papai.

LULU: Não tinha a menor ideia de que ia encontrar você aqui hoje.

MCCANN: (*Para MEG.*) Você já esteve em Carrickmacross?

MEG: (*Bebendo.*) Eu já estive em King's Cross.

LULU: Você apareceu assim do nada.

GOLDBERG: (*Com o movimento dela.*) Vai com calma, meu anjo. Assim você acaba me quebrando uma costela.

MEG: (*Levantando-se.*) Eu quero dançar! (*LULU e GOLDBERG olham um nos olhos do outro. MCCANN bebe. MEG cruza até STANLEY.*) Vamos, Stanley. Dançar. (*STANLEY continua sentado, imóvel. MEG dança pela sala sozinha, depois chega de novo a MCCANN, que enche seu copo. Ela se senta.*)

LULU: (*Para GOLDBERG.*) Posso lhe dizer uma coisa?

GOLDBERG: O quê?

LULU: Eu confio em você.

GOLDBERG: (*Erguendo seu copo.*) Saúde!

LULU: Você tem mulher?

GOLDBERG: Já tive. E que mulher. Sabe, todas as tardes de sexta eu saía para me exercitar um pouco no parque. Ahn, pode me fazer um favor, sente-se em cima da mesa um instante. (*LULU se senta na mesa. Ele se espreguiça e continua.*) Um pouquinho de exercício. Eu cumprimentava os menininhos, as menininhas — nunca fui de fazer distinção —, e depois de volta para o nosso ninho de amor. "Simey", minha mulher dizia, "rápido, antes que esfrie!" E em cima da mesa? O melhor arenque recheado com pepinos com que você podia sonhar.

LULU: Achei que seu nome era Nat.

GOLDBERG: Ela me chamava de Simey.

LULU: Aposto como você era um bom marido.

GOLDBERG: Você devia ter visto o enterro dela.

LULU: Por quê?

GOLDBERG: (*Toma fôlego e balança a cabeça.*) Aquilo sim foi um enterro.

MEG: (*Para MCCANN.*) Uma vez meu pai disse que ia me levar à Irlanda. Mas acabou que ele foi sozinho.

LULU: (*Para GOLDBERG.*) Será que você me conheceu quando eu era criança?

GOLDBERG: Você era boazinha?

LULU: Era, sim.

MEG: Não sei se ele foi para a Irlanda.

GOLDBERG: Vai ver nós brincamos de pular corcunda.

LULU: Vai ver que sim.

MEG: Ele não me levou.

GOLDBERG: Ou de pega-pega.

LULU: Isso é uma brincadeira?

GOLDBERG: É uma brincadeira, sim!

MCCANN: Por que ele não levou você pra Irlanda?

LULU: Você tá me fazendo cócegas!

GOLDBERG: Qual o problema?

LULU: Eu sempre gostei de homens mais velhos. Eles acalmam a gente.

*Eles se abraçam.*

MCCANN: Eu conheço um lugar. Roscrea. A casa da velha Nolan.

MEG: Quando eu era pequena, no meu quarto tinha um abajur.

MCCANN: Uma vez passei a noite toda lá, bebendo com os rapazes.

MEG: E minha babá ficava lá comigo, cantando pra mim.

MCCANN: E de manhã nós comemos peixe frito. Agora, olha só onde estou.

MEG: Meu quarto era todo cor-de-rosa. Tapete e cortinas cor-de-rosa, e eu tinha caixinhas de música em tudo que era canto. E elas tocavam pra eu dormir. E meu pai era um médico muito importante. Por isso eu nunca fiquei doente. Eu tinha irmãzinhas e irmãozinhos nos outros quartos de cores completamente diferentes.

MCCANN: Tullamore, onde está você?

MEG: (*Para MCCANN.*) Mais um golinho.

MCCANN: (*Enchendo o copo dela e cantando.*) Glória, glória aos bravos fenianos.

MEG: Que voz linda.

GOLDBERG: Cante pra nós, McCann.

LULU: Uma canção de amor!

MCCANN: (*Recitando.*) Na noite em que o coitado do Paddy morreu, os rapazes foram todos lá.

GOLDBERG: Uma canção de amor!

MCCANN: (*Canta com toda convicção.*)

> Tem quem diga que o céu não existe
> Isso pra mim é balela.
> Depois de uma vida tão triste
> Meu peito suspira por ela.
> O céu pra mim é aqui
> Já nem preciso voar
> Basta olhar para ti
> E pelo teu nome chamar.

LULU: (*Para GOLDBERG.*) Você é igualzinho ao primeiro homem que eu amei.

GOLDBERG: Isso você nem precisava dizer.

MEG: (*Levantando-se.*) Eu quero fazer uma brincadeira!
GOLDBERG: Uma brincadeira?
LULU: Que brincadeira?
MEG: Qualquer uma.
LULU: (*Levantando-se num pulo.*) Isso, vamos brincar.
GOLDBERG: De quê?
MCCANN: Esconde-esconde.
LULU: Cabra-cega.
MEG: Isso!
GOLDBERG: Vocês querem brincar de cabra-cega?
LULU: e MEG: Queremos!
GOLDBERG: Ótimo. Cabra-cega. Vamos! Todos de pé! (*Levanta-se.*) McCann. Stanley. Stanley!
MEG: Levante-se, Stanley.
GOLDBERG: O que há com ele?
MEG: (*Curvando-se para ele.*) Stanley, nós vamos brincar. Vamos, Stanley, não fique aí emburrado.
LULU: Anda.

*STANLEY se levanta. MCCANN se levanta.*

GOLDBERG: Muito bem, quem vai ser o primeiro a usar a venda?
LULU: A Sra. Boles.
MEG: Não, eu não.
LULU: (*Tirando o lenço do pescoço.*) Aqui.
MCCANN: Como é essa brincadeira?
LULU: (*Amarrando o lenço sobre os olhos de MEG.*) Você nunca brincou de cabra-cega? Fique parada, Sra. Boles. Ninguém pode se deixar tocar por ela. E ninguém pode se mexer

depois que ela estiver vendada. Todo mundo tem que ficar parado. Se ela pegar você, você passa a ser a cabra-cega. Vire-se. Quantos dedos tem aqui?

MEG: Não tô vendo nada.
LULU: Ótimo.
GOLDBERG: Muito bem. Todo mundo andando. McCann. Stanley. Agora parem. Quietos. Pode ir!

*STANLEY está na esquerda, MEG caminha pela sala. GOLDBERG acaricia o braço de LULU de longe. MEG toca em MCCANN.*

MEG: Peguei você.
LULU: Tire a venda.
MEG: Que cabelo macio!
LULU: (*Desamarrando o lenço.*) Pronto.
MEG: É você!
GOLDBERG: Coloque a venda, McCann.
LULU: (*Amarrando o lenço no rosto de MCCANN.*) Pronto. Vire. Quantos dedos tem aqui?
MCCANN: Eu sei lá.
GOLDBERG: Ótimo! Todo mundo andando. Isso. Parem! Quietos!

*MCCANN começa a se mover.*

MEG: Ai, que delícia!
GOLDBERG: Silêncio! Tss, tss, tss. Agora, todos andando de novo. Parem! Quietos!

*MCCANN começa a caminhar pela sala.* GOLDBERG *acaricia o braço de* LULU *de longe.* MCCANN *se aproxima de* STANLEY. *Estica os braços e toca nos óculos de* STANLEY.

MEG: É a vez do Stanley!
GOLDBERG: (*Para* LULU.) Está gostando da brincadeira?
MEG: É a sua vez, Stan.

*MCCANN tira a venda.*

MCCANN: (*Para* STANLEY.) Deixe que eu fico com seus óculos.

*MCCANN pega os óculos de* STANLEY.

MEG: Me dê o lenço.
GOLDBERG: (*Segurando* LULU.) Amarre o lenço, Sra. Boles.
MEG: É isso que estou fazendo. (*Para* STANLEY.) Você está vendo o meu nariz?
GOLDBERG: Não está, não. Pronto? Certo. Então todo mundo andando. Parem! Quietos.

*STANLEY fica parado com os olhos vendados.* MCCANN *recua lentamente para a esquerda alta. Ele quebra os óculos de* STANLEY, *arrebenta a armação.* MEG *está na esquerda,* LULU *e* GOLDBERG *juntos no centro alto.* STANLEY *começa a andar, bem lentamente cruza o palco para a esquerda.* MCCANN *pega o tambor e o coloca no caminho de* STANLEY. STANLEY *pisa no tambor, cai e fica com ele preso no pé.*

MEG: Ooh!

GOLDBERG: Ssh!

> *STANLEY se levanta. Começa a ir na direção de MEG, arrastando o tambor que continua preso a seu pé. Ele chega perto dela e para. Estende as mãos em direção à garganta dela. Começa a estrangulá-la. MCCANN e GOLDBERG correm e o afastam de MEG.*

BLACKOUT.

> *Desta vez não há nenhuma claridade vindo de fora. O palco fica completamente escuro.*

LULU: A luz!

GOLDBERG: O que foi que aconteceu?

LULU: A luz!

MCCANN: Só um minuto.

GOLDBERG: Onde ele está?

MCCANN: Me solta!

GOLDBERG: Quem é você?

LULU: Tem alguém passando a mão em mim!

MCCANN: Onde ele está?

MEG: Por que acabou a luz?

GOLDBERG: Cadê sua lanterna? Pegue a lanterna!

MCCANN: Não estou achando ela.

LULU: Me abraça. Me abraça.

GOLDBERG: Ajoelha aí. Ajude ele a procurar a lanterna.

LULU: Não dá.

MCCANN: Sumiu.
MEG: Por que acabou a luz?
GOLDBERG: Todo mundo calado! Ajudem a procurar a lanterna.

*Silêncio. Grunhidos de* MCCANN *e* GOLDBERG, *que estão de joelhos. De repente ouve-se um rufar agudo, constante, de uma baqueta na lateral do tambor vindo do fundo da sala. Silêncio.* LULU *chora baixinho.*

GOLDBERG: Aqui, McCann!
MCCANN: Aqui.
GOLDBERG: Vem aqui, vem aqui. Devagar. Aqui. (GOLDBERG *e* MCCANN *vão para o lado esquerdo da mesa.* STANLEY *vai para a direita. De repente* LULU *sente que ele se aproxima, dá um grito e desmaia.* GOLDBERG *e* MCCANN *caem um por cima do outro.*)
GOLDBERG: O que é isso?
MCCANN: Quem é você?
GOLDBERG: O que é isso?

*Na escuridão* STANLEY *pega* LULU *e a coloca sobre a mesa.*

MEG: Foi a Lulu.

GOLDBERG *e* MCCANN *vêm para a direita.*

GOLDBERG: Onde ela está?
MCCANN: Ela caiu.
GOLDBERG: Onde?

MCCANN: Por aqui.
GOLDBERG: Me ajude a pegá-la.
MCCANN: (*Indo para a esquerda.*) Não consigo encontrá-la.
GOLDBERG: Ela deve estar em algum lugar.
MCCANN: Aqui ela não está.
GOLDBERG: (*Indo para a esquerda baixa.*) Tem que estar.
MCCANN: Ela sumiu.

> MCCANN *encontra sua lanterna caída no chão, direciona-a para a mesa e* STANLEY. LULU *está deitada, de braços abertos, em cima da mesa,* STANLEY *está curvado sobre ela. Assim que a luz da lanterna o atinge, ele começa a rir.* GOLDBERG *e* MCCANN *vão em direção a ele. Ele recua rindo, a luz da lanterna ilumina seu rosto. Eles o seguem para o fundo, à esquerda. Ele se encosta na portinhola, sempre rindo. A luz da lanterna vai ficando cada vez mais perto. Sua risada aumenta e cresce à medida que ele se cola à parede. A figura dos dois converge na sua direção.*

> *Cai o pano.*

# Ato 3

*A manhã seguinte.* PETEY *entra com o jornal e se senta à mesa. Começa a ler. A voz de* MEG *vem através da portinhola de comunicação com a cozinha.*

MEG: É você, Stan? (*Pausa.*) Stanny?
PETEY: O quê?
MEG: É você?
PETEY: Sou eu.
MEG: (*Aparecendo na portinhola.*) Ah, é você. Acabou o cereal.
PETEY: Bem, e o que tem, então?
MEG: Nada.
PETEY: Nada?
MEG: Só um instante. (*Ela se afasta da portinhola e entra pela porta da cozinha.*) Comprou seu jornal?
PETEY: Comprei.
MEG: Está bom?

PETEY: Não está mau.

MEG: Os dois cavalheiros comeram o último pão frito esta manhã.

PETEY: Ah, comeram?

MEG: Mas tem um pouco de chá no bule. (*Ela serve chá a ele.*) Daqui a pouco vou sair pra fazer compras. Vou comprar alguma coisa gostosa pra você. Tô com tanta dor de cabeça.

PETEY: (*Lendo.*) Você dormiu que nem uma pedra essa noite.

MEG: Dormi?

PETEY: Parecia morta.

MEG: Eu devia estar muito cansada. (*Ela olha a sua volta e vê o tambor quebrado na lareira.*) Ah, olha só. (*Ela se levanta e pega o tambor.*) O tambor tá quebrado. (PETEY *levanta os olhos.*) Por que quebrou?

PETEY: Não sei.

*Ela bate nele com a mão.*

MEG: Ainda faz barulho.

PETEY: E você pode comprar outro.

MEG: (*Triste.*) Deve ter quebrado durante a festa. Mas não me lembro de ter quebrado. (*Deixa o tambor.*) Que pena.

PETEY: Você pode comprar outro, Meg.

MEG: Bom, pelo menos ele ganhou no dia do aniversário dele. Como eu planejei.

PETEY: (*Lendo.*) É.

MEG: Você viu se ele já desceu?

PETEY: O quê?

MEG: Você já viu ele por aqui?

PETEY: Quem?
MEG: O Stanley.
PETEY: Não.
MEG: Nem eu. Esse menino já devia ter levantado. Ele tá atrasado pro café da manhã.
PETEY: Mas não tem café da manhã.
MEG: Sim, mas ele não sabe disso. Eu vou lá chamar ele.
PETEY: (*Rapidamente.*) Não faça isso, Meg. Deixe ele dormir.
MEG: Mas você diz que ele fica na cama até muito tarde.
PETEY: Deixe ele dormir... hoje. Deixa ele.
MEG: Eu subi com a xícara de chá dele. Mas foi o Sr. McCann quem abriu a porta. Ele disse que eles estavam conversando. Disse que ele mesmo tinha feito um chá. Ele deve ter se levantado bem cedo. Não sei sobre o que eles tavam conversando. Fiquei muito surpresa. Porque o Stanley sempre tá num sono ferrado quando eu vou acordar ele. Mas hoje de manhã ele não estava. Eu escutei ele falando. (*Pausa.*) Será que eles se conhecem? Acho que devem ser velhos amigos. Stanley tinha muitos amigos. Eu sei que ele tinha. (*Pausa.*) Eu não dei o chá dele. Ele já tinha tomado. Então eu voltei aqui pra baixo e continuei a fazer meu trabalho. Depois de um tempo, eles desceram pra tomar café. Stanley deve ter voltado a dormir.

*Pausa.*

PETEY: Quando você vai sair pra fazer suas compras, Meg?
MEG: É, eu tenho que ir. (*Pegando a bolsa.*) Tô com uma dor de cabeça insuportável. (*Vai para a porta dos fundos, para*

*e repentinamente se vira.*) Você viu o que apareceu aí fora, hoje de manhã?

PETEY: O quê?

MEG: Esse carro enorme aí.

PETEY: É.

MEG: Ontem ele não tava aí. Você deu... você deu uma olhada dentro dele?

PETEY: Dei uma olhada.

MEG: (*Aproximando-se nervosa, sussurrando.*) Viu se tem alguma coisa dentro?

PETEY: Dentro?

MEG: É.

PETEY: Como assim, dentro do carro?

MEG: Dentro do carro.

PETEY: Que tipo de coisa?

MEG: Bom... quero dizer... tem... será que tem um carrinho de mão dentro dele?

PETEY: Um carrinho de mão?

MEG: É.

PETEY: Não vi.

MEG: Não viu? Tem certeza?

PETEY: O que o Sr. Goldberg ia fazer com um carrinho de mão?

MEG: O Sr. Goldberg?

PETEY: Esse carro é dele.

MEG: (*Aliviada.*) Dele? Ah, eu não sabia que esse carro era dele.

PETEY: É claro que o carro é dele.

MEG: Ah, que alívio.

PETEY: O que foi?

MEG: Nada, só disse que tava aliviada.

PETEY: Melhor você sair pra tomar um pouco de ar.

MEG: Sim, eu vou, eu já vou. Vou sair pra fazer minhas compras. (*Ela vai em direção à porta dos fundos. Ouve-se o som de uma porta batendo no andar de cima. Ela se vira.*) É o Stanley! Ele tá descendo — o que eu vou dar pra ele de café da manhã? (*Ela corre para a cozinha.*) Petey, o que eu vou dar pra ele? (*Ela olha através da portinhola.*) Não tem cereal nenhum. (*Os dois ficam olhando em direção à porta.* GOLDBERG *entra. Ele para na porta ao dar com o olhar deles, então sorri.*)

GOLDBERG: Um comitê de recepção!

MEG: Pensei que fosse o Stanley.

GOLDBERG: Acha que somos parecidos?

MEG: Ah, não, vocês são muito diferentes.

GOLDBERG: (*Avançando pela sala.*) Estatura diferente, claro.

MEG: (*Entrando da cozinha.*) Eu achei que ele tava descendo pra tomar o café. Ele ainda não tomou café da manhã.

GOLDBERG: Sua mulher faz um chá delicioso, Sr. Boles, o senhor sabia?

PETEY: É. Às vezes sim. Às vezes ela esquece.

MEG: Ele já tá descendo?

GOLDBERG: Descendo? Claro que ele está descendo. Num dia lindo como hoje ele tem mais é que estar descendo. Logo ele vai estar por aqui, todo animado. (*Ele se senta à mesa.*) E que café da manhã ele vai tomar, hem?

MEG: Sr. Goldberg.

GOLDBERG: Sim?

MEG: Não sabia que aquele carro lá fora era seu.

GOLDBERG: Gostou dele?

103

MEG: O senhor vai sair pra dar uma volta?

GOLDBERG: (*Para* PETEY.) Carro bacana, hem?

PETEY: Bela pintura.

GOLDBERG: As coisas antigas são as melhores, acredite em mim. Muito espaçoso. Lugar de sobra na frente e atrás. (*Ele toca o bule de chá.*) O bule está quente. Quer mais chá, Sr. Boles?

PETEY: Não, obrigado.

GOLDBERG: (*Servindo-se de chá.*) Esse meu carro nunca me deixou na mão.

MEG: O senhor vai sair pra dar uma volta?

GOLDBERG *não responde, toma seu chá.*

MEG: Bom, deixe eu ir agora. (*Ela vai para a porta dos fundos e se vira.*) Petey, quando o Stanley descer...

PETEY: Sim?

MEG: Diga a ele que não vou demorar.

PETEY: Pode deixar.

MEG: (*Vagamente.*) Eu não demoro. (*Ela sai.*)

GOLDBERG: (*Bebericando seu chá.*) Boa mulher. Encantadora. Igualzinha à minha mãe. Idêntica à minha mulher.

PETEY: Como ele está hoje de manhã?

GOLDBERG: Quem?

PETEY: O Stanley. Ele melhorou?

GOLDBERG: (*Meio inseguro.*) Ah... um pouco melhor, eu acho, um pouco. Naturalmente não tenho qualificações suficientes para afirmar, Sr. Boles. O que eu quero dizer é que... não tenho as qualificações. Seria bom que alguém com as devidas... ahn... qualificações... desse uma olhada nele. Alguém com um sobrenome. Isso faz toda a diferença.

PETEY: Sim.

GOLDBERG: De qualquer forma, Dermot está com ele agora. Está... lhe fazendo companhia.

PETEY: Dermot?

GOLDBERG: Sim.

PETEY: Que coisa horrível.

GOLDBERG: (*Suspira.*) É. A comemoração do aniversário deve ter sido demais para ele.

PETEY: O que aconteceu com ele?

GOLDBERG: (*Cortante.*) O que aconteceu? Um colapso, Sr. Boles. Puro e simples. Um colapso nervoso.

PETEY: Mas o que deve ter causado algo assim tão de repente?

GOLDBERG: (*Levantando-se e indo para o fundo.*) Bom, Sr. Boles, as possibilidades são muitas. Ainda outro dia, um amigo meu estava me contando, nós estávamos discutindo um caso diferente — não muito parecido, claro, mas... semelhante, bem semelhante. (*Ele faz uma pausa.*) De qualquer forma, esse meu amigo dizia que às vezes a coisa é gradativa, que vai piorando, piorando à medida que os dias passam. E que outras vezes acontece de uma hora pra outra. Puff! Assim! Os nervos entram em colapso. Não há nenhuma previsão de quando vai acontecer, mas com algumas pessoas... costuma haver um aviso.

PETEY: Verdade?

GOLDBERG: Sim, esse meu amigo — noutro dia mesmo estava me dizendo. (*Ele fica de pé meio constrangido, depois pega uma cigarreira e tira um cigarro.*) Aceita um?

PETEY: Não, obrigado, eu não fumo.

GOLDBERG: Uma vez ou outra eu gosto de fumar um cigarro. Um "Abdullah" ou talvez um... (*Ele estala os dedos.*)

PETEY: Mas que noite. (*GOLDBERG acende seu cigarro com um isqueiro.*) Quando entrei por aquela porta não tinha luz. Coloquei uma moeda na fresta e a festa já tinha terminado.

GOLDBERG: (*Avançando.*) Você colocou uma moeda na fresta?

PETEY: Coloquei, sim.

GOLDBERG: E as luzes se acenderam.

PETEY: Foi, então eu entrei.

GOLDBERG: (*Dando um risinho.*) Podia jurar que tinha sido um fusível.

PETEY: (*Continuando.*) Tava tudo no maior silêncio. Não conseguia ouvir nada. Então eu subi as escadas e seu amigo, Dermot, me encontrou no hall. Então ele me disse.

GOLDBERG: (*Cortante.*) Quem?

PETEY: Seu amigo. Dermot.

GOLDBERG: (*Gravemente.*) Dermot. Sim. (*Ele se senta.*)

PETEY: Eles às vezes melhoram, não é? Quer dizer, às vezes eles melhoram.

GOLDBERG: Melhoram? Sim, às vezes melhoram de um jeito ou de outro.

PETEY: Quero dizer, agora ele já deve ter melhorado, não deve?

GOLDBERG: É possível, sim. É possível.

*PETEY se levanta e pega o bule e a xícara.*

PETEY: Bom, se até a hora do almoço ele não tiver melhorado eu vou chamar um médico.

GOLDBERG: (*Rapidamente.*) Já está tudo sob controle, Sr. Boles. Não precisa se preocupar.
PETEY: (*Desconfiado.*) Como assim? (*MCCANN entra com duas malas.*) Já fez as malas?

*PETEY leva o bule e a xícara para a cozinha. MCCANN cruza e deixa as malas. Vai até a janela e olha para fora.*

GOLDBERG: Então? (*MCCANN não responde.*) McCann, eu fiz uma pergunta a você.
MCCANN: (*Sem se virar.*) Então o quê?
GOLDBERG: Que o quê? (*MCCANN não responde.*)
MCCANN: (*Virando-se para olhar para GOLDBERG, emburrado.*) Eu não vou lá em cima de novo.
GOLDBERG: O que está acontecendo agora?
MCCANN: (*Vindo para a frente.*) Ele está mais calmo agora. Parou com aquela... falação.

*PETEY aparece na portinhola, mas ninguém percebe.*

GOLDBERG: Quando ele vai estar pronto?
MCCANN: (*Sombrio.*) Da próxima vez suba você.
GOLDBERG: O que há com você?
MCCANN: (*Falando baixo.*) Eu dei...
GOLDBERG: O quê?
MCCANN: Eu dei os óculos de volta pra ele.
GOLDBERG: Ele não ficou contente de ter os óculos de volta?
MCCANN: A armação está quebrada.
GOLDBERG: Como foi que isso aconteceu?

MCCANN: Ele tentou colocar o aro dentro dos olhos. Eu deixei ele lá fazendo isso.

PETEY: (*Na porta da cozinha.*) Tem uma fita durex por aí. A gente pode consertar.

*GOLDBERG e MCCANN se viram para ele. Pausa.*

GOLDBERG: Fita durex? Não, não, tudo bem, tudo bem, Sr. Boles. Vou manter ele calmo por enquanto, fazer ele pensar em outras coisas.

PETEY: (*Indo para o proscênio.*) Não seria melhor chamar um médico?

GOLDBERG: Já está tudo sob controle.

*MCCANN vai para a esquerda em direção à sapateira, pega uma escova e escova seu sapato.*

PETEY: (*Dirige-se para a mesa.*) Acho que ele tá precisando de um.

GOLDBERG: Concordo com você. Já está tudo sob controle. Vamos dar a ele um tempo para ele se acalmar, depois levamos ele pro Monty.

PETEY: Você vai levá-lo ao médico?

GOLDBERG: (*Encarando-o.*) Claro. O Monty.

*Pausa. MCCANN lustra seus sapatos.*

Então a Sra. Boles saiu pra comprar alguma coisa gostosa pro almoço?

PETEY: Isso mesmo.

GOLDBERG: Infelizmente quando ela voltar nós talvez já tenhamos ido.

PETEY: É mesmo?

GOLDBERG: Já teremos ido embora.

*Pausa.*

PETEY: Bom, enquanto isso vou ver como tão minhas ervilhas.

GOLDBERG: Enquanto isso?

PETEY: Enquanto a gente espera.

GOLDBERG: Espera pelo quê? (PETEY *se encaminha para a porta dos fundos.*) Você não vai voltar para a praia?

PETEY: Não, ainda não. Me chame quando ele descer, pode ser, Sr. Goldberg?

GOLDBERG: (*Com sinceridade.*) Hoje a praia vai estar lotada... num dia assim tão bonito. Todo mundo lá de barriga pra cima, nadando no mar. Que vidão. Mas e suas cadeiras? Estão prontas?

PETEY: Hoje cedo já deixei elas lá arrumadas.

GOLDBERG: Mas quem vai cobrar? Quem vai cobrar o aluguel?

PETEY: Tá tudo certo. Vai dar tudo certo, Sr. Goldberg. Não precisa se preocupar. Eu já volto.

*Ele sai.* GOLDBERG *se levanta, vai para a janela e acompanha a saída dele.* MCCANN *cruza até a mesa, pela esquerda, senta-se, pega o jornal e começa a rasgá-lo em tiras.*

GOLDBERG: Já está tudo pronto?
MCCANN: Claro.

> *GOLDBERG anda pesadamente, pensativo, até a mesa. Senta-se à direita, reparando o que MCCANN está fazendo.*

GOLDBERG: Para com isso!
MCCANN: O quê?
GOLDBERG: Por que você sempre faz isso? Coisa mais infantil, sem propósito. Completamente inútil.
MCCANN: O que há com você hoje?
GOLDBERG: Perguntas, perguntas. Quer parar de me fazer tantas perguntas? Quem você pensa que eu sou?

> *MCCANN o examina. Depois dobra o jornal, deixando as tiras rasgadas dentro dele.*

MCCANN: Então?

> *Pausa. GOLDBERG se recosta na cadeira, de olhos fechados.*

MCCANN: Então?
GOLDBERG: (*Cansado.*) Então o quê?
MCCANN: Nós vamos esperar ou vamos lá pegar ele?
GOLDBERG: (*Lentamente.*) Você quer ir lá pegar ele?
MCCANN: Eu quero é acabar logo com isso.
GOLDBERG: É compreensível.

MCCANN: Então, vamos esperar ou vamos lá pegar ele?
GOLDBERG: (*Interrompendo.*) Não sei por quê, mas estou me sentindo exausto. Me sinto meio... Isso comigo não é normal.
MCCANN: Ah, não?
GOLDBERG: Muito estranho.
MCCANN: (*Levanta-se rapidamente e vai para trás da cadeira de GOLDBERG. Sibilando.*) Vamos acabar com isso e vamos embora. Vamos fazer e vamos embora. Vamos logo acabar com essa porra. Vamos logo acabar com isso e ir embora!

*Pausa.*

Será que eu subo?

*Pausa.*

Nat!

*GOLDBERG se senta, curvado. MCCANN desliza para seu lado.*

Simey!
GOLDBERG: (*Abrindo os olhos, olhando para MCCANN.*) Do... que... você... me... chamou?
MCCANN: Quem?
GOLDBERG: (*Fatidicamente.*) Nunca mais me chame assim! (*Ele agarra MCCANN pelo pescoço.*) NUNCA MAIS ME CHAME ASSIM!

MCCANN: (*Contorcendo-se.*) Nat. Nat. Nat, NAT! Eu chamei você de Nat. Só fiz uma pergunta, Nat. Juro por Deus. Foi só uma pergunta, só isso, só uma pergunta, você entende, tá me entendendo?

GOLDBERG: (*Largando-o com um safanão.*) Que pergunta?

MCCANN: Será que eu devo subir?

GOLDBERG: (*Violento.*) Subir? Eu achava que você não ia mais subir.

MCCANN: Como assim? Por que não?

GOLDBERG: Você mesmo disse!

MCCANN: Eu nunca disse isso!

GOLDBERG: Não?

MCCANN: (*Dirigindo à sala em geral.*) Quem disse isso? Eu nunca disse isso! Vou lá em cima agora!

*De um pulo ele corre até a porta da esquerda.*

GOLDBERG: Espera!

*Ele estica os braços sobre os braços da cadeira.*

Venha aqui.

*MCCANN se aproxima bem lentamente.*

Quero sua opinião. Dê uma olhada na minha boca.

*Ele abre bem a boca.*

Olha bem.

*MCCANN olha.*

Tá entendendo o que eu quero dizer?

*MCCANN olha atentamente.*

Sabe de uma coisa? Nunca perdi um dente. Desde o dia em que nasci. Nada mudou. (*Ele se levanta.*) Foi assim, McCann, que conquistei minha posição. Pois sempre me mantive em perfeita forma. Durante toda minha vida eu sempre disse: jogar sempre e jogar limpo. Honrai vosso pai e vossa mãe. Siga sempre em frente, McCann, sempre em linha reta, sempre na linha, e nunca nada vai dar errado. Você acha o quê? Que sou algum autoempreendedor? Não! Eu me sentei onde mandaram. Eu mantive o foco. Escola? Nem me fale em escola. Primeiro lugar em todas as matérias. E por quê? Pois vou dizer pra você. Está me seguindo? Eu vou dizer pra você. Está seguindo o meu raciocínio? Decore tudo. Nunca escreva nada. E sempre fique em terra firme. E você vai ver — que o que eu estou dizendo é verdade.

Porque eu acredito que o mundo... (*Vagamente.*)
Porque eu acredito que o mundo... (*Desesperado.*)
PORQUE EU ACREDITO QUE O MUNDO... (*Perdido.*)

*Senta-se na cadeira.*

Sente-se, McCann, sente-se pra eu poder olhar pra você.

*MCCANN se ajoelha defronte à mesa.*

(*Intensamente, com cada vez mais segurança.*) Meu pai dizia sempre pra mim, Benny, ele dizia, Benny, venha cá. No seu leito de morte, eu me ajoelhava a seu lado, noite e dia. Quem mais fazia isso? Perdoe, Benny, ele dizia, e deixe viver. Sim, papai. Volte para sua esposa. Vou voltar, papai. Cuidado com essa gente mal de vida, com os vagabundos, os mendigos. Ele não mencionou nomes. Passei minha vida a servir os outros, ele disse, mas não me envergonho. Cumpra seus deveres e mantenha para si sua opinião. Sempre dê bom dia aos vizinhos. Nunca, nunca, nunca esqueça de sua família, pois ela é seu alicerce, sua essência, seu âmago! Se alguma vez você estiver em dificuldade, deixe que seu tio Barney resolva. Eu me ajoelhei. (*Ele se ajoelha diante de MCCANN.*) Jurei sobre o livro sagrado. E aprendi a palavra que jamais deveria esquecer: Respeito! Porque McCann... (*Docemente.*) Seamus... quem veio antes de seu pai? O pai dele. E antes dele? Antes dele...? (*Vago — triunfante.*) Quem veio antes do pai de seu pai, senão a mãe do pai de seu pai! Sua tataravó.

*Silêncio. Ele se levanta lentamente.*

E foi assim que alcancei minha posição, McCann. Porque sempre me mantive em perfeita forma. Meu lema. Trabalhar duro e me divertir muito. Nenhum dia de doença.

**GOLDBERG** *se senta.*

GOLDBERG: Seja como for, me dê uma soprada aqui. (*Pausa.*) Sopre dentro da minha boca.

*MCCANN fica de pé, coloca as mãos nos joelhos, se curva e sopra dentro da boca de* GOLDBERG.

Mais uma vez.

*MCCANN sopra novamente em sua boca.* GOLDBERG *respira fundo, sorri.*

GOLDBERG: Muito bem!

*LULU entra.* MCCANN *olha para os dois e vai para a porta.*

MCCANN: (*Perto da porta.*) Vou dar cinco minutos a vocês. (*Ele sai.*)
GOLDBERG: Venha aqui.
LULU: O que vai acontecer?
GOLDBERG: Venha aqui.
LULU: Não, obrigada.
GOLDBERG: O que é que há? Está zangada com o tio Nat?
LULU: Eu vou embora.
GOLDBERG: Não quer brincar um bocadinho antes?
LULU: Já brinquei demais.
GOLDBERG: Uma menina assim como você, na sua idade, com a sua saúde, e não gosta de brincar?

LULU: Você é muito esperto.

GOLDBERG: Quem disse que você não gosta de uma brincadeira?

LULU: Você acha que eu sou que nem as outras garotas?

GOLDBERG: As outras são que nem você?

LULU: Não sei nada sobre as outras.

GOLDBERG: Nem eu. Nunca coloquei um dedo em nenhuma outra mulher.

LULU: (*Irritada.*) O que meu pai diria, se ele soubesse? E o que o Eddie diria?

GOLDBERG: Eddie?

LULU: Sim, o Eddie, o primeiro homem que amei. E não importa o que tenha acontecido, foi uma coisa pura. Com ele! Ele não entrou no meu quarto de noite carregando uma maleta!

GOLDBERG: Quem abriu a maleta, fui eu ou foi você? Lulu, Luluzinha, o que passou, passou, me faz um favor. Me dê um beijo e façamos as pazes.

LULU: Não quero nem chegar perto de você.

GOLDBERG: Eu vou embora hoje.

LULU: Você vai embora?

GOLDBERG: Hoje.

LULU: (*Com raiva crescente.*) Você me usou por uma noite. Uma diversão passageira.

GOLDBERG: Quem usou quem?

LULU: Você se aproveitou de mim quando percebeu que minha resistência estava baixa.

GOLDBERG: Quem abaixou sua resistência?

LULU: Foi isso o que você fez. Você satisfez sua sede hedionda. Você me ensinou coisas que nenhuma moça deveria saber antes de ter se casado pelo menos umas três vezes!

GOLDBERG: Ora, que exagero! Você está reclamando do quê?

*MCCANN entra rapidamente.*

LULU: Em momento nenhum você pensou em mim. Tomou todas aquelas liberdades só pra saciar seu apetite. Oh, Nat, por que você fez isso?

GOLDBERG: Ora, minha Luluzinha, foi você quem quis que eu fizesse o que fiz.

MCCANN: Agora já chega. (*Avançando.*) Você já dormiu bastante, senhorita.

LULU: (*Recuando para a esquerda.*) Eu?

MCCANN: Gente da sua laia passa muito tempo na cama.

LULU: O que você tá falando?

MCCANN: Não tem nada a confessar?

LULU: O quê?

MCCANN: (*Ferozmente.*) Confesse!

LULU: Confessar o quê?

MCCANN: Ajoelhe e confesse!

LULU: O que ele quer?

GOLDBERG: Confesse. Você não tem nada a perder.

LULU: Mas pra ele?

GOLDBERG: Só tem seis meses que ele largou a batina.

MCCANN: Ajoelhe, mulher, e me conte a última!

LULU: (*Recuando para a porta dos fundos.*) Eu vi tudo que aconteceu. Eu sei muito bem o que está acontecendo. Tenho perfeita noção de tudo.

MCCANN: (*Avançando.*) Eu vi você na Rocha de Cashel, profanando o solo com suas ações. Desapareça da minha frente!

LULU: Eu tô indo.

> *Ela sai.* MCCANN *vai até a porta da esquerda e sai. Ele volta trazendo* STANLEY, *que está usando um terno bem cortado e camisa de colarinho branco. Ele segura os óculos quebrados. Está de barba feita.* MCCANN *o acompanha e fecha a porta.* GOLDBERG *encontra* STANLEY *e o senta numa cadeira.*

GOLDBERG: Como vai, Stan?

> *Pausa.*

Está se sentindo melhor?

> *Pausa.*

O que aconteceu com seus óculos?

> GOLDBERG *se curva para ver.*

Estão quebrados. Que pena.

> STANLEY *olha sem expressão para o chão.*

MCCANN: (*Perto da mesa.*) Parece que ele está melhor, não parece?

GOLDBERG: Muito melhor.

MCCANN: Um novo homem.

GOLDBERG: Sabe o que vamos fazer?

MCCANN: O quê?

GOLDBERG: Vamos comprar uns óculos novos pra ele.

*Eles começam a cortejá-lo, com doçura e entusiasmo. Durante toda a cena a seguir STANLEY não esboça nenhuma reação. Ele permanece imóvel, sentado onde está.*

MCCANN: Do nosso próprio bolso.

GOLDBERG: Naturalmente. Aqui entre nós, Stan, já está na hora de você ter uns óculos novos.

MCCANN: Nem consegue mais ver direito.

GOLDBERG: É verdade. Você anda meio caolho há muito tempo.

MCCANN: E agora está mais caolho ainda.

GOLDBERG: Está certo ele. Você foi de mal a pior.

MCCANN: De mal a pior.

GOLDBERG: O que precisa é de um longo período de convalescença.

MCCANN: Uma mudança de ares.

GOLDBERG: Além do arco-íris.

MCCANN: Onde os anjos cantam.

GOLDBERG: Exatamente.

MCCANN: Você está enfadado.

GOLDBERG: Parece anêmico.

MCCANN: Reumático.

GOLDBERG: Míope.

MCCANN: Epilético.

GOLDBERG: No limite.

MCCANN: Um pato morto.

GOLDBERG: Mas nós podemos salvar você.

MCCANN: De uma sina ainda pior.

GOLDBERG: Verdade.

MCCANN: Irrefutável.

GOLDBERG: De agora em diante vamos ser o eixo de sua engrenagem.

MCCANN: Vamos renovar sua assinatura anualmente.

GOLDBERG: Vamos abaixar o preço do seu chá.

MCCANN: Vamos dar desconto na compra de qualquer produto inflamável.

GOLDBERG: Vamos cuidar de você.

MCCANN: Aconselhar você.

GOLDBERG: Vamos tratar você da forma adequada.

MCCANN: Vamos deixar você usar o bar do clube.

GOLDBERG: Você vai ter sempre uma mesa reservada.

MCCANN: Vamos lembrar sempre os dias de jejum.

GOLDBERG: Vamos fazer bolos pra você.

MCCANN: Ajudar você a se ajoelhar nos dias em que se ajoelha.

GOLDBERG: Dar passe livre.

MCCANN: Vamos te levar pra passear.

GOLDBERG: Vamos dar as barbadas do dia.

MCCANN: Vamos fornecer a corda pra você pular.

GOLDBERG: O colete e as calças.

MCCANN: Os unguentos.

GOLDBERG: As compressas.

MCCANN: As luvas de borracha.

GOLDBERG: A cinta abdominal.

MCCANN: Os protetores de ouvido.

GOLDBERG: O talco de bebê.

MCCANN: O coçador de costas.

GOLDBERG: O pneu sobressalente.

MCCANN: A bomba estomacal.

GOLDBERG: A tenda de oxigênio.

MCCANN: O terço de oração.

GOLDBERG: O gesso para a imobilização.

MCCANN: O capacete.

GOLDBERG: As muletas.

MCCANN: Serviço vinte e quatro horas.

GOLDBERG: Tudo por conta da casa.

MCCANN: Exato.

GOLDBERG: Vamos transformar você num homem.

MCCANN: E numa mulher.

GOLDBERG: Você vai ser reorientado.

MCCANN: Você vai ficar rico.

GOLDBERG: Vai ser ajustado.

MCCANN: Vai ser nossa alegria e nosso orgulho.

GOLDBERG: Você vai ser alguém.

MCCANN: Vai ser um sucesso.

GOLDBERG: Vai ser integrado.

MCCANN: Vai dar ordens.

GOLDBERG: Tomar decisões.

MCCANN: Você vai ser um magnata.
GOLDBERG: Um político.
MCCANN: Vai ter seu próprio iate.
GOLDBERG: Animais.
MCCANN: Animais.

*GOLDBERG olha para MCCANN.*

GOLDBERG: Eu já disse animais. (*Ele se volta para STANLEY.*) Você vai ter o poder de criar ou destruir, Stan. Eu te juro. (*Silêncio. STANLEY está parado.*) Então? O que me diz?

*STANLEY levanta a cabeça bem lentamente e se vira para GOLDBERG.*

GOLDBERG: O que você acha? Hem, garoto?

*STANLEY começa a fechar e abrir os olhos com força.*

MCCANN: Qual a sua opinião, meu senhor? Sobre essas oportunidades, senhor?
GOLDBERG: Oportunidades. Claro. Claro que são grandes oportunidades.

*As mãos de STANLEY, que estão segurando os óculos, começam a tremer.*

Qual a sua opinião sobre essas oportunidades? Hem, Stanley?

*STANLEY se concentra, sua boca se abre, ele tenta falar, não consegue e emite sons guturais.*

STANLEY: Hã-gãhn... hã-gãhn... iiihhh-gag... (*Aspirando.*) Caahh... caahh...

*Os outros o observam. Ele inspira profundamente, o que provoca um estremecimento que percorre todo seu corpo. Ele se concentra.*

GOLDBERG: Então, Stanley, o que tem a nos dizer, hem, garoto?

*Eles observam. Ele se concentra. Sua cabeça cai, seu queixo vai em direção ao peito, ele se encolhe.*

STANLEY: Hãg-gãgh... Hãg-gãghhh...
MCCANN: Qual a sua opinião, senhor?
STANLEY: Caaahhh... caaahhh...
MCCANN: Sr. Webber! Qual a sua opinião?
GOLDBERG: O que diz, Stan? O que acha das oportunidades?
MCCANN: Qual a sua opinião sobre as oportunidades?

*O corpo de STANLEY estremece, relaxa, sua cabeça cai, ele volta a ficar imóvel, curvado. PETEY entra pela porta da frente.*

GOLDBERG: Continua o mesmo Stan de sempre. Venha conosco. Venha, garoto.

MCCANN: Venha conosco.
PETEY: Pra onde vocês tão levando ele?

*Eles se viram. Silêncio.*

GOLDBERG: Estamos levando ele para o Monty.
PETEY: Ele pode ficar aqui.
GOLDBERG: Não seja idiota.
PETEY: A gente pode cuidar dele.
GOLDBERG: Por que vocês querem cuidar dele?
PETEY: Ele é meu hóspede.
GOLDBERG: Ele está precisando de tratamento especial.
PETEY: A gente pode arranjar alguém.
GOLDBERG: Não. O Monty é o melhor que existe. Leve ele, McCann.

*Eles ajudam STANLEY a se levantar da cadeira. Os três se dirigem para a porta da esquerda.*

PETEY: Larguem ele!

*Eles param. GOLDBERG o estuda.*

GOLDBERG: (*Traiçoeiramente.*) Por que não vem conosco, Sr. Boles?
MCCANN: É. Por que não vem conosco?
GOLDBERG: Venha conosco ao Monty. O carro é grande, tem lugar de sobra.

PETEY *não se mexe. Eles passam por ele e chegam à porta.*
MCCANN *abre a porta e pega as malas.*

PETEY: (*Derrotado.*) Stan, não deixa eles te darem ordens!

*Eles saem.*

*Silêncio.* PETEY *parado, de pé. A porta da frente bate. Som da partida de um carro. Som do carro indo embora. Silêncio.* PETEY *vai lentamente para a mesa. Ele se senta à esquerda da mesa. Pega o jornal e o abre. As tiras rasgadas caem no chão. Ele olha para elas.* MEG *passa pela janela e entra pela porta dos fundos.* PETEY *examina a primeira folha do jornal.*

MEG: (*Avançando.*) O carro foi embora.
PETEY: É.
MEG: Eles foram embora?
PETEY: Foram.
MEG: Eles não ficaram pro almoço?
PETEY: Não.
MEG: Ah, que pena. (*Deixa a bolsa sobre a mesa.*) Tá tão quente lá fora. (*Ela pendura o casaco num gancho.*) O que você tá fazendo?
PETEY: Tô lendo.
MEG: Tá bom?
PETEY: Tá bom.

*Ela se senta à mesa.*

MEG: Cadê o Stan?

*Pausa.*

Petey, ele ainda não desceu?
PETEY: Não... ele tá...
MEG: Ainda tá na cama?
PETEY: É, ele ainda... tá dormindo.
MEG: Ainda? Ele vai se atrasar pro café da manhã.
PETEY: Deixe ele... dormir.

*Pausa.*

MEG: A festa ontem não foi divina?
PETEY: Eu não tava aqui.
MEG: Não tava?
PETEY: Eu cheguei depois.
MEG: Ah.

*Pausa.*

Foi uma festa tão boa. Há muito tempo que eu não dava tanta risada. A gente dançou e cantou. E teve brincadeiras. Você devia ter estado aqui.
PETEY: Foi boa então?

*Pausa.*

MEG: Eu fui a rainha da festa.
PETEY: Você?
MEG: Ah, sim. Foi o que todo mundo disse.
PETEY: Aposto mesmo que foi.
MEG: Ah, é verdade. Fui sim.

*Pausa.*

Eu sei que fui.

*Cai o pano.*

# o monta-cargas

*O monta-cargas* estreou no Hampstead Theatre Club em 21 de janeiro de 1960 e transferiu-se em 8 de março para o teatro Royal Court com o seguinte elenco:

| | |
|---|---|
| BEN | Nicholas Selby |
| GUS | George Tovey |

*Direção de James Roose-Evans*
*Cenário de Michael Young*

Foi produzido para a televisão pela BBC em 23 de julho de 1985, com o seguinte elenco:

| | |
|---|---|
| BEN | Colin Blakely |
| GUS | Kenneth Cranham |

A ação transcorre num quarto de porão em Birmingham.
Tempo: presente

*Cenário: Um quarto de porão em Birmingham. Noite de outono. Portas à esquerda e à direita na parede do fundo. No centro desta parede um bojo, que mais tarde funciona como um pequeno monta-cargas. Uma cama a cada lado deste. A cama da direita é a de* GUS. *A da esquerda, de* BEN. *As duas camas têm as cabeceiras encostadas na parede do fundo. Há uma cadeira encostada na parede da esquerda. A porta da esquerda dá para o banheiro e a cozinha. As portas funcionam bem apesar do mau estado em que estão. Em cada uma das camas estão gravatas, coletes e paletós dos dois homens. Debaixo dos travesseiros, seus revólveres nos coldres.*

*Quando a cortina se abre,* BEN *está deitado na cama da esquerda lendo um jornal.* GUS *está sentado na cama da direita tentando amarrar seus sapatos com dificuldade. Os dois homens estão de camisa, calça e suspensórios.* GUS *acaba de dar os nós nos cadarços, levanta-se, boceja e começa a andar lentamente até a porta da esquerda. Para, olha para baixo e balança os pés.* BEN *baixa o jornal e o observa.* GUS *se abaixa e desamarra um dos sapatos. Descalça-o lentamente. Olha dentro e tira uma caixa de fósforos amassada. Sacode-a e a examina. O olhar dos dois se encontra.* BEN *chacoalha o jornal e volta a ler.* GUS *põe a caixa de fósforos no bolso e se abaixa para calçar o sapato. Ele dá o laço com dificuldade.* BEN *baixa o jornal e o observa.* GUS *se ajoelha, desfaz o nó do sapato e descalça-se novamente. Olha dentro e tira um maço de cigarros amassado. Sacode-o e o examina; mais uma vez o olhar dos dois se encontra.* GUS *põe o maço de cigarros no bolso, se abaixa, calça e amarra o sapato.* GUS *vai indo para a esquerda até sair.* BEN *amassa o jornal sobre a cama e fica olhando a saída de* GUS. *Ele pega o jornal e volta a se deitar, lendo. Silêncio. Ouve-se então o som da válvula do banheiro sendo puxada duas vezes, mas a descarga não funciona. Depois, silêncio.* GUS *reentra à esquerda. Para na porta coçando a cabeça.* BEN *sacode o jornal.*

BEN: Nossa! (*Pegando o jornal.*) Olha só isso. Escuta! (*Refere-se ao jornal.*) Um cara de oitenta e sete anos estava querendo atravessar uma rua. Mas o tráfego era pesado, entende. Ele não conseguia atravessar entre os carros. Então foi engatinhando pra debaixo de um caminhão.

GUS: Ele o quê?

BEN: Engatinhou pra debaixo de um caminhão. Um caminhão parado.
GUS: Não.
BEN: O caminhão arrancou e matou o cara.
GUS: O que é isso!
BEN: Tá aqui no jornal.
GUS: Para com isso.
BEN: Dá vontade de vomitar, não dá?
GUS: Quem mandou?
BEN: Um cara de oitenta e sete anos engatinhar pra debaixo dum caminhão.
GUS: Não dá pra acreditar.
BEN: Pois está aqui, preto no branco.
GUS: Incrível.

*Silêncio.*
*GUS balança a cabeça e sai à esquerda. BEN volta a se deitar e a ler. Mais uma vez o barulho da válvula do banheiro, sem o som da descarga. BEN dá um assovio sobre alguma coisa no jornal.*
*GUS volta.*

GUS: Queria te perguntar uma coisa.
BEN: O que você estava fazendo?
GUS: Eu... tava só...
BEN: E o tal do chá?
GUS: Eu vou fazer.
BEN: Então, vai. Faz.

GUS: Já vou fazer. (*Ele se senta na cadeira. Pensativo.*) Ele arrumou umas louças bonitas dessa vez. Vou te dizer. Tem uma listra. Uma listra branca.

BEN *lê.*

Bonito mesmo. Tem que ver.

BEN *vira a página.*

Sabe como, assim em volta da xícara. Em volta da borda. O resto preto. O pires é preto com o centro branco. Onde se coloca a xícara, é branco.

BEN *lê.*

E os pratos, nem te conto. Só que nesses a listra é preta, nos pratos, bem no meio. Puxa, fiquei impressionado com a louça.
BEN: E pra que você quer prato? Não vai comer nada.
GUS: Trouxe uns biscoitos.
BEN: Melhor comer logo, então.
GUS: Sempre trago biscoito. Ou uma torta. Sabe, não consigo tomar chá sem comer nada.
BEN: Bom, então dá pra fazer o chá? Tá quase na hora.

*GUS pega o maço de cigarros amassado do bolso e o examina.*

GUS: Você tem cigarro? Acho que o meu acabou. (*Joga o maço vazio para o alto e curva-se para apanhá-lo.*) Tomara que esse trabalho seja rápido. (*Mira cuidadosamente e atira o maço para debaixo de sua cama.*) Ah, eu queria te perguntar uma coisa.

BEN: (*Batendo no jornal.*) Nossa!

GUS: O que foi?

BEN: Uma criança de oito anos matou um gato!

GUS: Ora, o que é isso.

BEN: É verdade. O que você acha, hem? Uma criança de oito anos matar um gato?

GUS: Como foi?

BEN: Uma menina.

GUS: Como ela fez?

BEN: Ela... (*Pega o jornal e lê.*) Aqui não diz.

GUS: Como não?

BEN: Espera. Está aqui: "Seu irmão, de onze anos, que estava no depósito, assistiu ao triste acidente."

GUS: Continua!

BEN: Porra, que ridículo.

*Pausa.*

GUS: Vai ver que foi ele.

BEN: Quem?

GUS: O irmão.

BEN: É, você tá certo.

*Pausa.*

(*Batendo no jornal.*) Então, o que você acha? Um moleque de onze anos mata um gato e bota a culpa na irmãzinha de oito! Dá vontade de... (*Ele se interrompe com a náusea e agarra o jornal.*)

GUS *se levanta.*

GUS: A que horas ele vai entrar em contato?

BEN *lê.*

A que horas ele vai entrar em contato?
BEN: Qual é o problema contigo? Pode ser a qualquer hora. Qualquer hora.
GUS: (*Dirigindo-se para os pés da cama de* BEN.) Olha, eu queria te fazer uma pergunta.
BEN: O quê?
GUS: Já reparou no tempo que a caixa da descarga leva pra encher?
BEN: Que caixa?
GUS: Do banheiro.
BEN: Não. É mesmo?
GUS: Terrível.
BEN: Bom, e daí?
GUS: Qual será o problema?
BEN: Nenhum.
GUS: Nenhum?
BEN: Algum defeito na boia, só isso.
GUS: Defeito onde?

BEN: Na boia.

GUS: Não? Mesmo?

BEN: É o que parece.

GUS: Não brinca! Sabe que eu nem pensei nisso. (*Vai até sua cama e pressiona o colchão.*) Eu não consegui dormir muito bem, e você? Essa cama não é das melhores, e o cobertor podia ser outro. (*Repara numa fotografia na parede da direita.*) Ei, o que será isso? (*Vai examinar.*) "O time dos onze." Time de críquete. Viu isso, Ben?

BEN: (*Lendo.*) O quê?

GUS: O time dos onze.

BEN: O quê?

GUS: Essa foto aqui, do time dos onze.

BEN: Que time dos onze?

GUS: (*Estudando a foto.*) Aqui não diz.

BEN: E o tal do chá?

GUS: Parecem todos tão velhos. (*Ele vem para o proscênio, olha para a frente, depois olha o quarto.*) Eu não gostaria de morar neste lixo. Sinto falta de uma janela, pra ver do lado de fora.

BEN: Pra que você quer uma janela?

GUS: Gosto de ter uma vista, Ben. Ajuda a passar o tempo. (*Ele caminha pelo quarto.*) Quero dizer, a gente chega no lugar quando ainda está escuro. Entra num quarto que nunca viu antes, dorme o dia inteiro, faz o serviço, e vai embora na mesma noite. (*Faz uma pausa.*) Gosto de ver a paisagem. Nesse trabalho nunca consigo.

BEN: Mas e as férias? Você não tira férias?

GUS: Duas semanas.

BEN: (*Baixando o jornal.*) Você quer me matar. Até parece que você trabalha todo dia. Quando que a gente tem um trabalho pra fazer? Uma vez por semana? Do que você está reclamando...
GUS: É, mas a gente não tem que estar sempre à disposição? A gente não pode sair, tem que ficar esperando o chamado.
BEN: Sabe qual é seu problema?
GUS: Qual?
BEN: Você não se interessa por nada.
GUS: Claro que me interesso.
BEN: Pelo quê? Me diz uma coisa pela qual você se interesse...

*Pausa.*

GUS: Claro que me interesso.
BEN: Olha só pra mim. O que eu faço?
GUS: Eu sei lá. O quê?
BEN: Trabalho com madeira. Faço meus barquinhos. Já me viu desocupado? Estou sempre ocupado. Sei como ocupar meu tempo, como aproveitar até a última gota. Aí, quando vem um chamado, eu estou pronto.
GUS: Nunca se enche um pouco?
BEN: Me encher? De quê?

*Silêncio. BEN lê. GUS procura algo nos bolsos do paletó que está pendurado na cabeceira de sua cama.*

GUS: Você não tem cigarro? O meu acabou.

*A descarga do banheiro funciona.*

GUS: Finalmente. (*Senta-se na cama.*) Não, é verdade. Estou te dizendo, a louça é boa. É, sim. Muito boa. Mas é a única coisa boa nesse lugar. Esse é pior que o último. Lembra do último? A última vez foi quando? Pelo menos tinha um rádio. Não, honestamente. Ele parece que não se importa mais com nosso conforto.

BEN: Quando é que você vai calar a boca?

GUS: Teria reumatismo se ficasse muito tempo num lugar que nem esse aqui.

BEN: Não vamos ficar muito tempo. Será que você pode fazer o chá? Está quase na hora do trabalho.

*GUS pega uma pequena bolsa ao lado de sua cama e tira um pacote de chá. Ele o examina.*

GUS: Ahn, tava querendo te fazer uma pergunta.

BEN: Que diabos é agora?

GUS: Você parou o carro hoje de manhã, no meio da estrada?

BEN: (*Baixando o jornal.*) Eu pensei que você estivesse dormindo.

GUS: Eu tava, mas acordei quando você parou. Você parou, não parou?

*Pausa.*

No meio da estrada. Ainda estava escuro, não lembra? Olhei pra fora. Tinha um nevoeiro. Achei que você queria dar um cochilo, mas estava bem acordado, como se estivesse esperando alguma coisa.

BEN: Não estava esperando nada.

GUS: Devo ter dormido de novo. Então por quê? Por que você parou?

BEN: (*Pegando o jornal.*) Estávamos adiantados.

GUS: Adiantados? (*Levanta-se.*) Como assim? Recebemos o chamado pra sair imediatamente, não foi? E saímos. Saímos na hora. Então como podíamos estar adiantados?

BEN: (*Calmamente.*) Quem recebeu o chamado, eu ou você?

GUS: Você.

BEN: Estávamos adiantados.

GUS: Adiantados pra quê?

*Pausa.*

Quer dizer que alguém tinha que sair antes da gente chegar? (*Ele examina a roupa de cama.*) Este lençol não parece muito limpo. Acho que está fedendo um pouco. Tava cansado demais pra notar quando cheguei de manhã. Ahn, isso é meio estranho, não acha? Deitar em lençol usado. Estou dizendo... as coisas vão de mal a pior. Até hoje, sempre tivemos lençóis limpos. Eu reparei.

BEN: Como sabe que os lençóis não estão limpos?

GUS: Como assim?

BEN: Como pode dizer que o lençol não está limpo? Passou o dia inteiro em cima dele, não passou?

GUS: O quê, quer dizer que esse fedor é meu? (*Cheira o lençol.*) É, pode ser, sei lá. É difícil dizer. Realmente não sei como é meu cheiro, esse é o problema.

BEN: (*Referindo-se ao jornal.*) Nossa!

GUS: O que foi, Ben?

BEN: Nossa!

GUS: Ben.

BEN: O quê?

GUS: Em que cidade nós estamos? Eu esqueci.

BEN: Já lhe disse. Birmingham.

GUS: Verdade? (*Olha o quarto com interesse.*) É, bem no meio do país. A segunda maior cidade da Inglaterra. Quem diria. (*Estala os dedos.*) Ahn, hoje é sexta-feira, não é? Vai ser sábado amanhã.

BEN: E daí?

GUS: Podíamos assistir a um jogo do Villa.

BEN: Eles estão jogando fora de casa.

GUS: Não, estão? Ah! Que pena.

BEN: De qualquer maneira não dá tempo. Temos que voltar logo.

GUS: Mas já fizemos isso antes, não é? Ficamos a noite e assistimos a um jogo, não foi? É bom pra relaxar.

BEN: As coisas vão mal, meu amigo. As coisas vão mal.

GUS: (*Dá um risinho consigo mesmo.*) Uma vez vi o Villa perder uma eliminatória. Quem mais estava jogando? De camisa branca. Um a zero logo no primeiro tempo. Nunca vou esquecer. O outro time fez um gol de pênalti. Quase saiu briga. Que pênalti. Pênalti disputado. Acabaram ganhando de dois a um por causa do pênalti. Você também estava.

BEN: Eu não.

GUS: Era você, sim. Não se lembra daquele pênalti?

BEN: Não.

GUS: O cara caiu dentro da área. Depois disseram que estava fingindo. Eu acho que nem encostaram nele. Mas o juiz estava em cima do lance.

BEN: Não encostaram nele! O que você tá falando? Desceram o cacete no cara!

GUS: O Villa não. O Villa não faz esse tipo de jogo.
BEN: O que é isso!

*Pausa*

GUS: Ahn, deve ter sido aqui em Birmingham.
BEN: O quê?
GUS: O Villa. Deve ter sido aqui.
BEN: Eles estavam jogando fora de casa.
GUS: Sabe qual era o outro time? Eram os Spurs. Os Spurs de Tottenham.
BEN: Bem, e daí?
GUS: Nós nunca fizemos nenhum trabalho em Tottenham.
BEN: Como você sabe?
GUS: Eu me lembraria de Tottenham.

*BEN se vira na cama para olhá-lo.*

BEN: Não me faça rir, tá bem? (*Ele volta a sua posição e continua a ler.*)
GUS: (*Dá um bocejo e segue falando.*) Quando ele vai entrar em contato?

*Pausa.*

Queria muito assistir a um jogo de futebol. Sempre fui fanático por futebol. Olha, o que acha de irmos ao estádio amanhã ver os Spurs de Tottenham?
BEN: (*Sem ênfase.*) Eles estão jogando fora de casa.
GUS: Quem?

BEN: Os Spurs.
GUS: Então podem estar jogando aqui.
BEN: Deixa de ser bobo.
GUS: Se estão jogando fora, pode ser que estejam jogando aqui. Talvez joguem com o Villa.
BEN: (*Sem ênfase.*) O Villa está jogando fora de casa.

> *Pausa. Um envelope desliza por debaixo da porta da direita. GUS vê. Fica de pé, olhando.*

GUS: Ben.
BEN: Fora. Estão todos jogando fora de casa.
GUS: Ben, olha isso.
BEN: Quê?
GUS: Olha.

> *BEN vira a cabeça e vê o envelope. Fica de pé.*

BEN: Como veio parar aqui?
GUS: Por debaixo da porta.
BEN: Bom, e o que é?
GUS: Eu não sei.

> *Os dois olham para o envelope.*

BEN: Pega ele.
GUS: Como assim?
BEN: Pega!

> *GUS se aproxima lentamente, curva-se e pega o envelope.*

BEN: O que é?
GUS: Um envelope.
BEN: Tem alguma coisa escrito?
GUS: Não.
BEN: Está fechado?
GUS: Está.
BEN: Abra.
GUS: O quê?
BEN: Abra.

> GUS *abre e olha dentro.*

O que tem dentro?

> GUS *despeja doze palitos de fósforo na mão.*

GUS: Fósforos.
BEN: Fósforos?
GUS: É.
BEN: Deixe eu ver.

> GUS *lhe passa o envelope.*

(*Examinando-o.*) Nada escrito. Nem uma palavra.
GUS: Engraçado, não é?
BEN: Veio por debaixo da porta?
GUS: Acho que sim.
BEN: Então vai lá.
GUS: Lá aonde?

BEN: Abra a porta e veja se tem alguém lá fora.
GUS: Quem, eu?
BEN: Anda, vai!

> GUS *olha para ele, põe os fósforos no bolso, vai até sua cama e pega um revólver embaixo do travesseiro. Segue até a porta da direita, abre-a, olha para fora e volta a fechá-la.*

GUS: Ninguém. (*Ele recoloca o revólver no lugar.*)
BEN: O que você viu?
GUS: Nada.
BEN: Foram rápidos.

> GUS *pega os fósforos do bolso e os examina.*

GUS: Bom, vieram a calhar.
BEN: É.
GUS: Não é?
BEN: É, você tá sempre precisando de fósforos, não é?
GUS: Sempre!
BEN: É, vieram a calhar.
GUS: É.
BEN: Não é?
GUS: É. Vão ser muito úteis. Muito úteis.
BEN: Muito úteis, ahn?
GUS: É.
BEN: Por quê?
GUS: Não temos nenhum.

BEN: Bom, agora temos, não temos?

GUS: Agora posso acender a chaleira.

BEN: É, você vive esmolando fósforos. Quantos tem aí?

GUS: Uns doze.

BEN: Vê se não perde. São do tipo que não precisa riscar na caixa pra acender.

*GUS cutuca o ouvido com um fósforo.*

(*Batendo na mão de GUS.*) Não desperdice! Anda, vai e acende.

GUS: Ahn?

BEN: Vai, acende.

GUS: Acende o quê?

BEN: A chaleira.

GUS: O gás, quer dizer.

BEN: Quem?

GUS: Você.

BEN: (*Ele espreme os olhos.*) Como assim, quero dizer o gás?

GUS: Bom, é isso que quer dizer, não é? O gás.

BEN: (*Com autoridade.*) Se digo vá e acenda a chaleira quero dizer que é pra ir e acender a chaleira.

GUS: E é possível acender uma chaleira?

BEN: É um modo de dizer! Acender a chaleira. É um modo de dizer!

GUS: Nunca tinha ouvido.

BEN: Acenda a chaleira! Tão comum!

GUS: Acho que você está enganado.

BEN: (*Ameaçador.*) Como assim?

GUS: O que se diz é, põe a chaleira no fogo.
BEN: (*Tenso.*) Quem diz?

*Eles ficam se olhando, respirando fundo.*

(*De repente.*) Jamais, em toda minha vida, ouvi alguém dizer, põe a chaleira no fogo.
GUS: Pois minha mãe só falava assim.
BEN: Sua mãe? Quando foi que a viu pela última vez?
GUS: Não sei, deve ter...
BEN: Por que está falando da sua mãe?

*Eles se encaram.*

Gus, não estou querendo ser intransigente. Estou apenas querendo te lembrar uma coisa.
GUS: Sim, mas...
BEN: Quem é o mais velho aqui, você ou eu?
GUS: Você.
BEN: Me preocupo com seus interesses, Gus. Tem que aprender, amigo.
GUS: Sim, mas é que nunca ouvi...
BEN: (*Com veemência.*) Ninguém diz, acende o gás! Como se pode acender o gás?
GUS: Como se pode acender o gás...?
BEN: (*Agarrando GUS pela garganta com as duas mãos.*) A chaleira, idiota!

*GUS tira as mãos de BEN de sua garganta.*

GUS: Tudo bem, tudo bem.

*Pausa.*

BEN: Então, o que está esperando?
GUS: Será que eles acendem?
BEN: O quê?
GUS: Os fósforos. (*Ele tira do bolso a caixa de fósforos amassada e risca um fósforo que não acende.*)

Não.

*Ele atira a caixa de fósforos debaixo de sua cama.* BEN *fica olhando para ele.* GUS *levanta o pé, aponta para a sola de seu sapato.*

Aqui, será?

BEN *observa.* GUS *risca o fósforo na sola do sapato. O fósforo acende.*

Aí está.
BEN: (*Farto.*) Pelo amor de Deus, põe a chaleira no fogo. (*Vai para a sua cama, para, percebendo o que acabou de dizer, faz menção de virar.*)

GUS *sai vagarosamente pela porta da esquerda.* BEN *bate com o jornal na cama e senta-se nela, segurando a cabeça.* GUS *volta.*

GUS: Está funcionando.
BEN: O quê?
GUS: O fogão. (*Ele vai para a cama, senta-se no lado direito.*) Quem será que vai ser essa noite?

*Silêncio.*

Ahn, eu tava querendo te perguntar uma coisa.
BEN: (*Pondo as pernas na cama.*) Ah, pelo amor de Deus!
GUS: Não, só queria te perguntar uma coisa. (*Levanta-se e vai se sentar na cama de BEN.*)
BEN: Por que está se sentando na minha cama? Qual o problema com você?
GUS: Nenhum.
BEN: Nunca foi de fazer tanta pergunta, porra. O que há com você?
GUS: Não, eu estava só pensando...
BEN: Pare de pensar. Você tem um trabalho a fazer. Por que não o faz e cala a boca?
GUS: Era sobre isso que estava pensando.
BEN: O quê?
GUS: O trabalho.
BEN: Que trabalho?
GUS: (*Tateando.*) Será que você sabe de alguma coisa?

*BEN olha para ele.*

Será que você... quero dizer... será que tem alguma ideia de quem vai ser essa noite?

BEN: Quem vai ser o quê essa noite?

*Eles se olham.*

GUS: (*Com cuidado.*) Quem é que vai ser.

*Silêncio.*

BEN: Você está se sentindo bem?
GUS: Claro.
BEN: Então vá fazer o chá.
GUS: Sim, claro.

> GUS *sai pela esquerda.* BEN *acompanha com o olhar. Depois pega seu revólver debaixo do travesseiro e checa se está carregado.*
> GUS *volta.*

GUS: O gás acabou.
BEN: Bom, e daí?
GUS: Tem que botar uma moeda pra funcionar.
BEN: Não tenho dinheiro nenhum.
GUS: Nem eu.
BEN: Vai ter que esperar.
GUS: Esperar o quê?
BEN: Wilson.
GUS: Pode ser que ele não venha. Pode ser que só mande um recado. Ele nem sempre aparece.

BEN: Então vai ter que se virar assim mesmo, não é?
GUS: Que porra!
BEN: Tomamos o chá depois. Qual o problema?
GUS: Queria tomar o chá antes.

*BEN levanta o revólver para limpá-lo.*

BEN: Mesmo assim, é melhor se aprontar.
GUS: É, sei lá, isso é demais, sabe, pelo que a gente ganha. (*Ele pega o pacote de chá que está sobre a cama e joga-o dentro da bolsa.*) Espero que ele tenha uns centavos, quero dizer, se vier. Ele tem que ter, afinal o lugar é dele, devia ter arranjado um pouco de gás pra pelo menos a gente fazer um chá.
BEN: Como assim o lugar é dele?
GUS: Ora, e não é?
BEN: Ele só deve ter alugado. Não deve ser dele.
GUS: Eu sei que esse lugar é dele. O prédio todo deve ser dele. Deve estar racionando o gás. (*Senta-se no lado direito de sua cama.*) Esse lugar é dele, sim. Todos os outros lugares. A gente vai pra tal endereço, tem uma chave, um bule, nunca aparece uma alma... (*Dá uma pausa.*) Ahn, nunca ninguém ouve nada, já pensou nisso? (*Eles se olham.*) Você nunca vê uma alma, vê? A não ser quando ele vem. Já reparou nisso? Fico achando que as paredes são à prova de som. (*Ele toca a parede atrás de sua cama.*) Não dá pra dizer. A gente só fica esperando, hem? A maioria das vezes ele nem se dá ao trabalho de aparecer, o Wilson.
BEN: Por que deveria? Ele é um homem ocupado.

GUS: (*Pensativamente.*) Acho difícil conversar com ele, o Wilson. Sabia disso, Ben?
BEN: Tem que superar isso.

*Pausa.*

GUS: Tem um monte de coisas que eu queria perguntar a ele. Mas nunca consigo quando eu encontro com ele. (*Faz uma pausa.*) Tava pensando naquele último.
BEN: Que último?
GUS: Aquela garota.

*BEN agarra o jornal e lê.*

(*GUS se levanta e olha para BEN.*) Quantas vezes já leu esse jornal?

*BEN joga o jornal na cama e se levanta.*

BEN: (*Com raiva.*) O que você disse aí?
GUS: Só estava querendo saber quantas vezes você...
BEN: O que foi, está me criticando?
GUS: Não, só estava...
BEN: Se não tiver cuidado, vai acabar tomando um tapa no cu da orelha.
GUS: Mas olha aqui, Ben...
BEN: Não vou olhar pra lugar nenhum! (*Dirige-se ao quarto.*) Quantas vezes tenho que...! Merda de liberdade!
GUS: Não foi isso.

BEN: Você fica na tua, cara. Fica na tua, só isso. (*Ele volta para a cama.*)
GUS: Só estava pensando naquela garota, só isso. (*Senta-se em sua cama.*) Ela nem era bonita, eu sei, mas mesmo assim. Foi uma porcaria, não foi? Puta nojeira. Nunca vi um serviço tão porco. Parece que as mulheres se esfacelam mais fácil que os homens. Têm textura mais frouxa. Então ela não se espalhou toda, hem? Quase metade pra cada lado. Nossa! Mas o que eu queria te perguntar...

*BEN senta-se e fecha os olhos.*

Quem é que limpa depois que a gente sai? Tenho curiosidade. Quem é que limpa? Talvez ninguém limpe. Talvez deixem do mesmo jeito, ahn? O que você acha? Quantos serviços nós já fizemos? Porra, perdi as contas. E se nunca limpam nada depois que a gente sai?
BEN: (*Demonstrando pena.*) Sua besta, acha que somos os únicos na organização? Tenha um pouco de senso. Eles têm um departamento pra cada função.
GUS: O quê, faxineiras e tudo?
BEN: Você é uma anta!
GUS: Não, mas foi por causa da garota que comecei a pensar...

*Barulho forte de alguma coisa funcionando, descendo no tubo da parede do fundo entre as duas camas. Eles pegam seus revólveres, dão um pulo e ficam de frente para a parede. O barulho para. Silêncio. Eles se olham. BEN faz um gesto rápido em direção à parede. GUS se aproxima desta lentamente. Ele bate na parede com o revólver. É oca. BEN vai*

*em direção à cabeceira de sua cama, apontando a arma.*
*GUS põe o revólver na sua cama, tateia o painel central e encontra uma alça. Ele abre o painel, descobrindo se tratar de um monta-cargas. Vê-se que é uma caixa puxada por roldanas. GUS examina dentro da caixa. Encontra um papel.*

BEN: O que é isso?
GUS: Dê uma olhada.
BEN: Lê pra mim.
GUS: (*Lendo.*) "Dois bifes grelhados com batata frita. Dois pudins de queijo. Dois chás sem açúcar."
BEN: Me dê isso aqui. (*Pega o papel.*)
GUS: (*Para si mesmo.*) Dois chás sem açúcar.
BEN: Humm.
GUS: O que acha disso?
BEN: Bem...

*O elevador sobe. BEN aponta o revólver.*

GUS: Já subiu! Estão com pressa, não estão?

*BEN relê o bilhete. GUS olha por cima de seu ombro.*

Isso está... meio engraçado, não está?
BEN: (*Rápido.*) Não. Não está nada engraçado. Aqui devia funcionar um café, é isso. Aí em cima. Esses lugares trocam de mãos rapidamente.
GUS: Um café?
BEN: É.
GUS: Como assim, quer dizer que a cozinha era aqui embaixo?

BEN: É. Trocam de mãos da noite pro dia. Vão a leilão. Se os donos do lugar, entende? Se não estão satisfeitos com o negócio, eles caem fora.
GUS: Está querendo dizer que o dono desse lugar não estava satisfeito com os lucros e caiu fora?
BEN: Com certeza.
GUS: Então quem é o dono agora?

*Silêncio.*

BEN: Como assim, quem é o dono?
GUS: Quem é o dono agora? Se o outro caiu fora, quem caiu dentro?
BEN: Bom, depende...

*A caixa volta a descer com estrondo. BEN aponta o revólver. GUS vai até o aparelho e pega um bilhete.*

GUS: (*Lendo.*) "Sopa do dia. Fígado com cebolas. Torta e geleia."

*Uma pausa. GUS olha para BEN. BEN pega o bilhete e lê. Vai lentamente até a abertura. GUS vai atrás. BEN olha dentro do elevador, sem olhar para cima. GUS põe as mãos nos ombros de BEN. BEN rejeita o toque do outro com o próprio corpo. GUS coloca um dedo na boca. Ele chega bem perto para examinar, olha para cima. BEN o empurra num sinal de alarme. Joga sua arma na cama e fala com decisão.*

BEN: Melhor mandarmos alguma coisa.
GUS: Ahn?

BEN: Melhor mandar alguma coisa lá pra cima.
GUS: Ah! Sim. É. Você tá certo.

*Os dois sentem-se aliviados com a decisão.*

BEN: (*Objetivamente.*) Rápido! O que tem na tua bolsa?
GUS: Pouca coisa. (*Vai até a abertura e a fecha.*) Só um instante!
BEN: Não faça isso!

*GUS vai tirando item por item de dentro da bolsa.*

GUS: Biscoitos. Uma barra de chocolate. Meio litro de leite.
BEN: Só isso?
GUS: Um pacote de chá.
BEN: Bom.
GUS: Não podemos mandar o chá. É o único que temos.
BEN: Bom, também não tem gás. Não dá pra fazer nada, dá?
GUS: Só se eles mandarem uma moeda.
BEN: E o que mais tem aí?
GUS: (*Tirando do fundo da bolsa.*) Um bolo Pullman.
BEN: Bolo Pullman?
GUS: É.
BEN: Por que não me disse que tinha um bolo Pullman?
GUS: Eu não disse?
BEN: Por que só um? Por que não trouxe um pra mim?
GUS: Não sabia que você gostava.
BEN: De qualquer jeito não dá pra gente mandar bolo Pullman.
GUS: Por que não?
BEN: Vá pegar um prato.

GUS: Tudo bem. (*Ele vai em direção à porta da esquerda e para.*) Você acha então que eu vou poder ficar com o bolo?
BEN: Ficar?
GUS: Bom, eles não sabem que eu tenho um bolo, sabem?
BEN: Não é essa a questão.
GUS: Vou poder ficar com ele?
BEN: Não, não vai. Anda, pega o prato.

> *GUS sai à esquerda. BEN olha dentro da bolsa. Tira um pacote de batatas fritas. GUS entra com o prato.*

BEN: (*Acusando com o pacote de batatas.*) De onde saiu isso?
GUS: O quê?
BEN: De onde saíram essas batatas fritas?
GUS: Onde você achou?
BEN: (*Batendo no ombro do outro.*) Você está jogando sujo, companheiro!
GUS: Só como isso com cerveja!
BEN: Bem, e onde ia arranjar a cerveja?
GUS: Estava guardando pra quando arranjasse uma.
BEN: Vou lembrar disso. Ponha tudo no prato.

> *Eles amontoam tudo no prato. A "coisa" sobe sem levar o prato.*

Espera!
GUS: Foi embora.
BEN: A culpa foi toda sua, fica brincando!
GUS: O que vamos fazer agora?

BEN: Temos que esperar ele descer. (*Deixa o prato em cima da cama e coloca o coldre de ombro; começa a pôr a gravata.*) Melhor você se aprontar.

> GUS *vai até sua cama, põe a gravata e começa a colocar o coldre.*

GUS: Ei, Ben.
BEN: O quê?
GUS: O que está acontecendo aqui?

> *Pausa.*

BEN: Como assim?
GUS: Como isso aqui pode ser um café?
BEN: Costumava ser um café.
GUS: Você viu o fogão?
BEN: O que é que tem?
GUS: Só três bocas.
BEN: E daí?
GUS: Não dá pra cozinhar com três bocas, ainda mais prum lugar movimentado como esse.
BEN: (*Irritado.*) Por isso o serviço é lento! (*Ele veste o colete.*)
GUS: Sim, mas o que acontece quando não estamos aqui? Como eles fazem? Esses pedidos de refeição descendo e nada subindo. Já deve ser assim há anos.

> BEN *limpa e alisa o paletó.*

O que vai acontecer quando formos embora?

*BEN veste o paletó.*

Não devem fazer bom negócio.

*O elevador desce. Eles se viram.* GUS *vai até a abertura e pega um bilhete.*

GUS: (*Lendo.*) "Macaroni alla Pastitsio, Ormitta Macaronatta."
BEN: Como é que é?
GUS: "Macaroni alla Pastitsio, Ormitta Macaronatta."
BEN: É comida grega?
GUS: Não.
BEN: Verdade.
GUS: Mas é sofisticado.
BEN: Rápido, antes que suba.
GUS: (*Põe o prato no elevador, grita lá dentro, para cima.*) Três pacotes de bolachas! Um pacote de chá, rótulo vermelho! Um saco de batata frita! Um bolo Pullman! Chocolate com frutas e castanha.
BEN: Chocolate.
GUS: (*Na abertura.*) Chocolate!
BEN: (*Entregando-lhe o leite.*) Uma garrafa de leite.
GUS: (*Na abertura.*) Uma garrafa com meio litro de leite! (*Olha para o rótulo.*) "Delícia da fazenda"! (*Coloca a caixa de leite no elevador.*)

*O elevador sobe.*

Subiu.
BEN: Não devia ter gritado tanto.

GUS: Por que não?

BEN: Não pega bem. (*Vai para sua cama.*) Bom, espero que isso aí dê um jeito, por enquanto.

GUS: Acha mesmo, ahn?

BEN: Anda, por que não se veste? Vai ser a qualquer instante.

*GUS veste o colete. BEN, deitado na cama, olha para o teto.*

GUS: Que lugar, esse. Nem chá, nem bolachas.

BEN: Comer deixa a gente lento, companheiro. Você anda preguiçoso, sabia disso? Anda relapso no trabalho.

GUS: Quem, eu?

BEN: Relapso, amigo, relapso.

GUS: Quem, eu? Relapso?

BEN: Checou sua arma? Você ainda nem checou sua arma. Tá um lixo, mesmo. Nunca vi você limpando ela.

*GUS esfrega o revólver no lençol. BEN tira um espelhinho do bolso e endireita a gravata.*

GUS: Por onde será que anda o cozinheiro? Devem ter tido muitos, pra dar conta. Talvez também tivessem outros fogões a gás. Ahn! Talvez tenha uma outra cozinha no fim do corredor.

BEN: Claro que tem! Você tem ideia de como se faz uma Ormitta Macaronatta?

GUS: Não. Como?

BEN: Uma Ormitta! Será que consegue imaginar?

GUS: Precisa de vários cozinheiros, ahn? (*Ele guarda o revólver no coldre.*) Quanto mais rápido sairmos daqui, melhor. (*Ele veste o paletó.*) Por que ele não entra em contato? Me sinto como se estivesse aqui há mais de um ano. (*Tira o revólver para checar a munição.*) Nós nunca decepcionamos ele. Noutro dia mesmo eu estava pensando: "Somos competentes", não somos? (*Coloca o revólver de volta no coldre.*) Mesmo assim vou ficar contente quando tiver acabado, logo mais. (*Ele tira o pó do paletó com as mãos.*) Espero que o cara dessa vez não fique nervoso, ou sei lá. Eu não estou muito bem, uma puta dor de cabeça.

*Silêncio. O elevador desce.* BEN *dá um pulo.* GUS *vai pegar o bilhete.*

GUS: (*Lendo.*) "Germe de bambu com molho de soja, castanhas e galinha. Um Char Siu e brotos de feijão."
BEN: Brotos de feijão?
GUS: É.
BEN: Que merda.
GUS: Eu nem saberia por onde começar. (*Ele olha para dentro do elevador. O pacote de chá está lá. Ele o pega.*) Mandaram o chá de volta.
BEN: (*Ansioso.*) Por que fizeram isso?
GUS: Talvez não esteja na hora do chá.

*O elevador sobe. Silêncio.*

BEN: (*Jogando o pacote de chá na cama; falando com urgência.*)
Olha aqui. É melhor falarmos pra eles.
GUS: Falar pra eles o quê?
BEN: Que não podemos fazer, não temos como.
GUS: Será que gostaram das outras coisas?
BEN: Me empresta um lápis. Vamos escrever um bilhete.

> GUS *se vira, procurando um lápis, mas de repente descobre um tubo de comunicação pendurado ao lado direito do elevador perto de sua cama.*

GUS: O que é isso?
BEN: O quê?
GUS: Isso.
BEN: (*Examinando.*) Isso? Um tubo de comunicação.
GUS: Desde quando isso está aí?
BEN: Não falei. Devíamos ter usado isso antes, em vez de ficar gritando.
GUS: Engraçado, não tinha reparado nisso antes.
BEN: Então, vamos lá.
GUS: Como se faz?
BEN: Tá vendo isso aqui? É um apito.
GUS: O quê, isso?
BEN: É. Pega. Encaixa.

> GUS *encaixa.*

BEN: Isso.
GUS: E agora?
BEN: Agora sopra.

GUS: Soprar?

BEN: Aí eles ouvem o som do apito lá em cima. E sabem que você quer falar. Sopre.

*GUS sopra. Silêncio.*

GUS: (*O tubo perto da boca.*) Não estou ouvindo nada.

BEN: Agora você fala! Fala aí dentro!

*GUS olha para BEN, depois fala para dentro do tubo.*

GUS: Despensa vazia!

BEN: Me dá isso aqui! (*Ele agarra o tubo, põe na boca e fala com toda cortesia.*) Boa noite, sinto muito... incomodar, mas achamos que seria melhor que soubessem que não temos mais nada aqui embaixo. Já mandamos tudo que tínhamos. Não tem mais nada de comida aqui. (*Lentamente leva o tubo ao ouvido.*) O quê? (*Põe na boca.*) O quê? (*Põe o tubo no ouvido, escuta e de novo põe na boca.*) Não, tudo que tínhamos já mandamos. (*Põe o tubo no ouvido, escuta, põe na boca e fala.*) Oh, sinto muito. (*Ele volta o tubo para o ouvido e escuta. Fala para GUS.*) O bolo Pullman estava mofado. O chocolate, mole. (*Escuta. Para GUS.*) O leite, azedo.

GUS: E as batatas fritas?

BEN: (*Ouvindo.*) As bolachas murchas. (*Ele fixa o olhar em GUS. Fala no tubo.*) Bem, eu sinto muito por isso. (*Escuta o tubo.*) O quê? (*Fala no tubo.*) O quê? (*Escuta o tubo.*) Sim. Sim. (*Fala no tubo.*) Sim, com certeza. Com certeza. Agora mesmo. (*Escuta o tubo. A voz parou. Ele pendura o tubo. Excitado.*) Você ouviu isso?

GUS: O quê?

BEN: Sabe o que ele disse? Acenda a chaleira! Ele não disse, põe a chaleira no fogo! Ou acenda o gás. Mas, acenda a chaleira!

GUS: Mas como podemos acender a chaleira?

BEN: Como assim?

GUS: Não temos gás.

BEN: (*Põe as mãos na cabeça.*) E agora?

GUS: Pra que ele quer que a gente acenda a chaleira?

BEN: Pra fazer chá. Ele quer uma xícara de chá.

GUS: Ele quer uma xícara de chá! E eu? Há horas que estou querendo uma xícara de chá!

BEN: (*Desesperando-se.*) O que vamos fazer agora?

GUS: O que nós vamos beber?

*BEN senta-se em sua cama, estatelado.*

E nós? Eu também tenho sede. Estou faminto. E ele quer uma xícara de chá. Já passou do limite, ora se já.

*BEN deixa a cabeça cair.*

Até que uma comidinha cairia bem. O que é que você acha? Não ia achar nada demais, aposto. (*Ele se senta no lado direito da cama.*) A gente manda tudo que tem e não ficam satisfeitos. Não, honestamente, é de morrer de rir. Por que mandou nossas coisas? (*Pensativo.*) Por que eu mandei minhas coisas? (*Pausa.*) Sabe lá o que tem lá em cima? Vai ver tem uma travessa de salada. Devem ter coisas lá em cima. Daqui é que eles não vão tirar nada. Reparou como não pediram salada? Devem ter uma puta travessa de salada lá em cima. Carne fria, rabanetes, pepinos, melão. (*Pausa.*) Ovos cozidos (*Pausa.*) E o resto. Provável até que tenham um engradado de cerveja. Vai ver estão agora tomando cerveja e comendo minhas batatas fritas. Das batatas não falaram nada, falaram? Mas eles vão ver só, eles vão ver. Será que eles acham que vão ficar lá em cima sentados calmamente esperando que a gente mande as coisas? Pois vão esperar pra sempre (*Pausa.*) Que esperem sentados. (*Pausa.*) E ainda querem uma xícara de chá. (*Pausa.*) Na minha opinião isso é uma brincadeira. (*Olha para* BEN *e vai até ele.*) O que há com você? Não parece bem. Eu bem que queria um Alka-Seltzer.

BEN: (*Senta-se. Fala baixo.*) Tá chegando a hora.

GUS: Eu sei. Não suporto fazer o serviço de estômago vazio.

BEN: (*Cansado.*) Fique quieto um instante. Deixe eu dar suas instruções.

GUS: Pra quê? Sempre fazemos do mesmo jeito, não fazemos?

BEN: Deixe eu dar as instruções.

> GUS *suspira e senta-se na cama ao lado de* BEN. *As instruções são ditas e repetidas automaticamente.*

BEN: Quando o telefone tocar, você vai e fica atrás da porta.

GUS: Fico atrás da porta.

BEN: Se baterem na porta, você não abre.

GUS: Se baterem na porta, eu não abro.

BEN: Mas não vão bater na porta.

GUS: Então eu não vou abrir.

BEN: Quando o cara entrar...

GUS: Quando o cara entrar...

BEN: Feche a porta.
GUS: Fecho a porta.
BEN: Sem que ele perceba.
GUS: Sem que ele perceba.
BEN: Ele me vê e vem na minha direção.
GUS: Ele vê você e vai na sua direção.
BEN: Ele não vê você.
GUS: (*Distraído.*) Ahn?
BEN: Ele não vê você.
GUS: Ele não me vê.
BEN: Ele vê a mim.
GUS: Ele vê você.
BEN: Ele não sabe que você está lá.
GUS: Ele não sabe que você está lá.
BEN: Ele não sabe que você está lá.
GUS: Ele não sabe que eu estou lá.
BEN: Eu puxo minha arma.
GUS: Você puxa a arma.
BEN: Ele para.
GUS: Ele para.
BEN: Se ele se vira...
GUS: Se ele se vira...
BEN: Você está lá.
GUS: Estou aqui.

*BEN franze as sobrancelhas e aperta a testa.*

Você esqueceu uma coisa.
BEN: Eu sei. O quê?

GUS: Eu não saquei minha arma.
BEN: Você saca a arma...
GUS: Depois que fecho a porta.
BEN: Depois que fecha a porta.
GUS: Você nunca tinha esquecido isso, sabia?
BEN: Quando ele vê você atrás dele...
GUS: Eu atrás dele...
BEN: E eu na frente dele...
GUS: Você na frente dele...
BEN: Vai ficar nervoso...
GUS: Nervoso.
BEN: Não vai saber o que fazer.
GUS: O que ele vai fazer?
BEN: Ele vai olhar pra mim e vai olhar pra você.
GUS: Não falamos nada.
BEN: Olhamos pra ele.
GUS: Ele não diz nada.
BEN: Fica olhando pra gente.
GUS: E nós olhando pra ele.
BEN: Ninguém diz nada.

*Pausa.*

GUS: O que a gente faz se for uma mulher?
BEN: A mesma coisa.
GUS: Exatamente o mesmo?
BEN: Exatamente.

*Pausa.*

GUS: Não fazemos nada diferente?
BEN: Fazemos exatamente o mesmo.
GUS: (*Levanta-se e tem um calafrio.*) Com licença.

> GUS *sai pela porta da esquerda.* BEN *permanece sentado na cama. A válvula do banheiro é puxada, mas a descarga não funciona. Silêncio.* GUS *retorna e para na porta, absorto em seus pensamentos. Olha para* BEN, *depois dirige-se lentamente para sua cama. Ele está preocupado. Fica de pé, pensativo. Vira-se e olha para* BEN. *Dá alguns passos em direção a ele. Fala devagar numa voz tensa e fraca.*

GUS: Por que nos mandaram fósforos se sabiam que não tínhamos gás?

> *Silêncio.* BEN *fica olhando em frente.* GUS *cruza para a esquerda de* BEN, *para falar agora no outro ouvido dele.*

Ben, por que nos mandaram fósforos se sabiam que não tínhamos gás?

> BEN *olha para cima.*

Por que fizeram isso?
BEN: Quem?
GUS: Quem mandou os fósforos?
BEN: Do que você está falando?

> GUS *o encara.*

GUS: (*Com densidade.*) Quem está lá em cima?

BEN: (*Nervoso.*) O que uma coisa tem a ver com a outra?

GUS: Mas quem é, então?

BEN: O que uma coisa tem a ver com a outra? (*Ele procura pelo jornal na cama.*)

GUS: Eu fiz uma pergunta.

BEN: Chega!

GUS: (*Crescendo a agitação.*) Eu perguntei antes. Quem é que veio pra cá? Eu perguntei. Você disse que o pessoal daqui se mudou. Bom, então quem foi que entrou?

BEN: (*Curvado.*) Cale a boca.

GUS: Eu te disse, não disse?

BEN: (*De pé.*) Cale a boca!

GUS: (*Exaltado.*) Eu te disse quem era o dono desse lugar, não disse? Eu te disse.

*BEN dá um soco violento no ombro de GUS.*

Eu te disse quem era o dono desse lugar, não disse?

*BEN dá outro soco em GUS.*

(*Violentamente.*) Pra que ele está fazendo esse jogo? Só isso que eu queria saber. Pra que ele está fazendo isso?

BEN: Que jogo?

GUS: (*Avançando, ferozmente.*) Pra que ele está fazendo isso? Já passamos pelos testes, não já? Fizemos os testes anos atrás, não fizemos? Fizemos nossos testes juntos, não se lembra?

Fizemos juntos. Fomos testados de todas as formas, não fomos? Sempre fizemos bem o serviço. Pra que isso agora? O que é que ele quer? Pra que está fazendo esse jogo?

*O elevador desce. Desta vez o barulho do aparelho descendo é acompanhado por um apito. GUS vai rápido até a caixa e pega um bilhete.*

GUS: (*Lendo.*) "Escalopes"! (*Ele amassa o bilhete, pega o tubo, o apito, sopra e fala.*) Não temos nada aqui! Nada! Tá entendendo?

*BEN toma o tubo de GUS e dá um empurrão nele. Ele segue batendo no tubo com as costas da mão.*

BEN: Para com isso! Seu demente!
GUS: Mas você ouviu!
BEN: Já chega! Estou te avisando!

*Silêncio. BEN pendura o tubo. Vai para sua cama e se deita. Pega o jornal e lê. Silêncio. O elevador sobe. Eles se viram rapidamente. O olhar dos dois se encontra. BEN volta para o jornal. GUS vai lentamente para o lado direito de sua cama e se senta. Silêncio. A porta do elevador se fecha. Eles se viram rapidamente, o olhar dos dois se encontra. BEN volta para o jornal. Silêncio. BEN bate no jornal.*

BEN: Nossa! (*Pega o jornal para ler melhor.*) Ouve isso! (*Pausa.*) O que acha disso? Ahn? (*Pausa.*) Nossa! Já ouviu uma coisa dessas?

GUS: (*Chateado.*) Diga!
BEN: É verdade.
GUS: Vá em frente.
BEN: Está escrito aqui.
GUS: (*Baixo.*) De fato?
BEN: Dá pra imaginar?
GUS: É incrível.
BEN: Dá até vontade de vomitar, não dá?
GUS: (*Quase inaudível.*) Incrível.

> BEN *balança a cabeça. Larga o jornal e se levanta. Ajeita a arma no coldre.* GUS *se levanta. Vai em direção à porta da esquerda.*

BEN: Aonde você vai?
GUS: Tomar um copo d'água.

> GUS *sai à esquerda.* BEN *tira o pó da roupa, do sapato. O apito soa no tubo de comunicação. Ele vai até ele, tira o apito, põe o tubo no ouvido. Escuta. Põe o tubo na boca.*

BEN: Sim. (*Tubo no ouvido; escuta. Tubo na boca.*) Agora mesmo. Certo. (*Tubo no ouvido; escuta. Tubo na boca.*) Sim, estamos prontos. (*Tubo no ouvido; escuta. Tubo na boca.*) Entendi. Repito. Ele chegou e está vindo direto pra cá. É pra usar o método de sempre. Entendi. (*Tubo no ouvido; escuta. Tubo na boca.*) Claro que estamos prontos. (*Tubo no ouvido; escuta. Tubo na boca.*) Certo. (*Pendura o tubo.*) Gus! (*Pega um pente e penteia o cabelo, ajeita o paletó para disfarçar o volume da arma. A descarga no banheiro funciona.* BEN *vai rápido para a porta da esquerda.*) Gus!

*A porta da direita se abre.* BEN *se vira, apontando o revólver.* GUS *entra cambaleando. Ele está sem o paletó, sem o colete, sem o coldre e sem o revólver. Ele para. O corpo curvado, braços caídos, levanta a cabeça e olha para* BEN. *Um longo silêncio. Enquanto se olham...*

*Cai o pano.*

Este livro foi composto na tipologia Minion
Pro Regular, em corpo 11/16, e impresso
em papel off-white no Sistema Cameron
da Divisão Gráfica da Distribuidora Record.